自炊男子

「人生で大切なこと」が見つかる物語

佐藤剛史

GENDAI SHORIN

自炊男子

「人生で大切なこと」が見つかる物語

佐藤剛史

デザイン　萩原弦一郎（デジカル デザイン室）
イラスト　田中治

もくじ

プロローグ

「B級が食べたくなった」と妻が言い出した。

つまりB級グルメのことだ。

仕事柄、調べてみると、B級グルメとは「贅沢《ぜいたく》でなく、安価で日常的に食される庶民的な飲食物のこと」で、一九八五年に『東京グルメ通信・B級グルメの逆襲』(田沢竜次著、主婦と生活社)が刊行されて以来、その用語が広がったらしい。

わが家で「B級」というと、お好み焼きや、焼きそばのことを指す。

B級グルメの祭典「B-1グランプリ」には、焼き鳥やら、せんべい汁やら、もつ煮やらもエントリーされているが、私自身は、そんなものはB級とは思わない。

福岡は、焼き鳥屋の多い地域だと思うが、そんな店に飲みに行けば、結構、カネがかかる。私にとって、「焼き鳥屋に飲みに行く」は、気分の高揚を伴う、ちょっとしたスペシャルなのである。決してB級の行為ではない。

値段を基準にB級を定義するならば、ファミレスのジョイフルでステーキを食べたほうが断然安い。日常性からいっても、気分の高揚度合いからしても、こちらのほうが断然にB級だ。

このお好み焼きにしてもそう。キャベツは隣の農家さんからもらったものだし、小麦粉は地場産。卵は、近くの「黄身がつまめる」ほど新鮮なこだわりの卵。豚肉だって、なんだってそうだ。

これをB級と呼ぶのは、失礼というモノだ。

とはいえ、B級グルメという言葉には、訳の分からない魅力がある。人を惹《ひ》きつける。

福岡県の久留米市で、二〇〇八年に第三回B-1グランプリが開催され、来場者は二日間で二〇万人以上。ちなみにその年のグランプリは、「厚木シロコロ・ホルモン」で、その結果、経済効果が大会後三カ月で約三〇億円に上ったという。

それだけB級グルメという言葉は、人を惹きつける。

しかもその魅力は「B級」という言葉に、「グルメ」という言葉が結びついたときにだけ発揮される。B級家電を買おうとは思わないし、B級旅行には行きたくないし、B級芸人のネタを見ようとは思わない。Ｂ級女性は、絶対にご遠慮願いたい。Ｂ級グルメは、Ｂ級というマイナスイメージを、完全にプラスに転化できた希有《けう》な存在なのだ。

そんなことを考えながら、キャベツを刻み続ける。

わが家では、普段の料理は妻が作るのだが、魚料理とＢ級グルメは私の担当なのである。ボウルに小麦粉を入れ、卵を割り入れ、出汁《だし》と水で溶き、生地を作る。そこに、刻んだキャベツ、モヤシを入れて混ぜ合わせる。それを熱したフライパンの上に流し込み、その上に豚バラをのせる。豚バラでなくても、コーンでもチーズでもシーチキンでもなんでもいい。

ひっくり返すのは少しコツがいるけれど、形が崩れたって大丈夫。いくらでも取り返しはつく。

唯一、注意が必要なのは、中まで火を通すことだ。

だからといって、フライ返しで押しつけてしまうとフワフワ感がなくなるので、押しつけない。

フライパンに蓋《ふた》をして、中火でしっかりと中まで火を通す。

最後に、おたふくのお好み焼きソースとマヨネーズをかければ、どんな方法で作っても、うまくなるのだ。形が崩れようが、多少焦げようが、おいしいお好み焼きの味になるのだ。おたふくは、どんなに料理が苦手な人にでも、必ず、ほほえんでくれる。

しかし今日は、おたふくの力を借りないお好み焼きも準備した。

一歳二カ月になるムスメ用だ。まだ、濃い味の食べ物は与えないようにしている。お好み焼きソースやマヨネーズなんてとんでもない。

生地にちりめんじゃこを加える。味はそのちりめんじゃこの塩味だけ。野菜とちりめんじゃこのプレーンお好み焼き。しっかりと中まで火が通るように、かつ、焦がさないように、細心の注意を払う。

出来上がったプレーンなお好み焼きを、手で持って食べやすいように包丁で切り分ける。

ムスメは既に自分の椅子に座っていて、何度も何度も、手を合わせている。

離乳食を始めた頃から、食事の前は必ず「いただきます」を見せてきた。ムスメに手を添えて、「いただきます」をさせてきた。

どうやら彼女の中では「『いただきます』をしなければご飯がもらえない」という思考が、完全に形成されているようだ。逆に、「『いただきます』をすればご飯がもらえる」とも思っているらしく、お腹が減ると、よだれかけを頭の上にのせ、椅子に座って、何度も何度も手を合わせるようになってしまった。

ムスメの前に、お好み焼きをのせた皿を置くと、「うきゃぁ」と歓喜の声を上げ、もう一度手を合わせて、早速、お好み焼きに手を伸ばした。

いつもこの瞬間は、緊張する。ムスメが喜んで食べてくれるかどうか。

基本的に好き嫌いのないムスメであるが、赤ちゃんは、自分の感情に素直である。作ってくれた人に気を使って「おいしいよ」なんて言ったりはしない。食べたくないものは、口に運ぼうとはしない。

ムスメは両手にお好み焼きを持って、一心不乱に食べている。

よかった。

「おいしい?」と聞くと、ほっぺを触る仕草をする。これは「おいしい」のサインだ。

皿にのせたすべてのお好み焼きを食べ終わり、「もっと欲しい」と催促の仕草をする。

私は台所に立って、もう一枚作っておいたプレーンお好み焼きを切り分け、その半分を皿にのせ、ムスメの前に置く。

また、すべてのお好み焼きを食べ終わり、「もっと欲しい」と催促の仕草をする。

「食べすぎやない？」と妻が笑いながら言う。

妻も食欲旺盛なムスメの食べっぷりを見るのが大好きなのだ。

私はもう一度台所に立って、残りの半分を皿にのせる。

目の前に皿を置かれたときのムスメの笑顔は、本当に幸せそうだ。

そして最後の一切れは、大事そうに、大事そうにゆっくりと食べる。とてもうれしそうに食べる。

よく、「目の前の人を喜ばせる」「その喜びを自分の喜びに変える」なんてことが本に書かれている。私はそれを読んで、「偽善っぽい」なんて思い、なかなか信用できなかった。

だけど、今は、こういうコトなのだと分かる。

ムスメの笑顔が、確実に私の喜びになっている。

ムスメの笑顔を見るために、私は心を込めて料理をする。

昔の私はこうではなかった。食べ物や料理なんて一切関心がなく、どうでもいいと思っていた。

今の私があるのは、大学時代のあの出会い、あの一言、あの経験のおかげである。

第一章

自炊男子の誕生

——厨房で「愛」の深さを知る

I

一九九二年、春。

僕の新しい生活が始まった。

生まれ育った大分県を離れ、福岡県宗像《むなかた》市で一人暮らしを始めることになった。僕は大学生になったのである。

九州教育大学。未来の教師を養成するための大学だ。

大学の裏には城山《じょうやま》という山がある、というよりは山の中腹に大学が位置している。だから、教育大前駅から大学の校舎にたどり着くには、「定年坂」という百数十メートルはあろうかという坂を上らなければならない。正式名称は知らない。だけど、皆、定年坂と呼んでいる。噂によれば、定年が近づくと上れないほどの長い坂、という意味から命名されたらしい。いつ誰が命名したかは誰も分からないのだそうだ。

この大学は慣れるまでが大変だ。

山の斜面に建設されているから、構造が複雑なのだ。一号館の二階が、二号館の一階と同じフロアだったりする。どこが一階で、どこが二階なのか分からなくなる。やたら階段が多い。

運動場や体育館は、定年坂の入り口あたりに位置する。体育の時間は、そこまで下りなければならない。体育の講義の前に、運動が必要なのである。当然、体育の後は坂や階段を上らなければならない。汗を拭《ふ》いた後に、もう一汗である。

そんな逸話を挙げればきりがないが、いずれにせよ、そんな大学で僕のキャンパスライフは始まった。

今考えれば、僕のキャンパスライフを支えてくれたのは、間違いなく学食である。

九教大には二つの学食があった。キャンパスの中央にあるのが「旧食」。その隣にある、比較的新しく建てられた学食が「新食」。

僕はずっと旧食を利用した。

そういうクセがあるのだ。あえて新しいことには挑戦しない。そんなクセだ。

一番最初に利用したのが旧食だったから、それ以来ずっと旧食。

もしかしたら、大学一年生の一年間に注文したメニューも、「A定食」「カレー」「親子丼」「カツ丼」「うどん」くらいだったかもしれない。

それがうまかったからか、と問われれば、そんなことはない。以前にそれを頼んだことがあるから。ただ、それだけだ。あえて新しいことには挑戦しないタイプだった。

A定食はむしろまずかったと言っていい。

メインは日によって違う。唐揚げやチキンカツ、トンカツ、コロッケやら。そして、その上に、毎日同じドロリとしたソースがかけられている。このソースが非常に微妙で、よく言えば、デミグラスソース。しかし、ケチャップと醤油の中間の味がする。まずくはないがうまくもない。

それが毎日である。素材にかかわらず、味がすべて同じになるのだ。

そうなると、やっぱり「まずい」という評価になってしまう。

にもかかわらず、僕はA定食を注文し続けた。

「食なんてどうでもいい」「腹いっぱいになればそれでいい」と思っていたのだ。

大学に入ってすぐの僕の食生活はこうだった。

朝食――ギリギリまで寝たいので食べない。少し早く起きられた日は、旧食で朝ご飯定食、通称、朝定を食べる。

昼食――旧食で。お約束のメニューを注文。

夕食――コンビニ弁当。家の近くにあるセブンイレブンに毎日、足を運ぶ。お気に入りは牛カルビ丼弁当。週に数回は食べる。新製品の弁当が出れば、必ず、それをチェックする。

そんな毎日だ。

だから僕の大学生活は学食とコンビニに支えられたと言っても過言ではない。

そうそう。

そんな九教大生を支えてくれる学食を最高にうまく利用している先輩がいた。

同じ学科のイグチ先輩といい、身長が一八五センチもある。そのせいもあって、よく食べる。みんな親しみを込めて、グッチさんと呼んでいた。僕は、遠慮してイグチ先輩と呼んだ。

イグチ先輩は五年生だ。九教大の慣例で、留年しても四年生までは順調に年を重ね、その後も、順調に五年生、六年生と、学年を重ねるのだ。だから八年生まで九教大には存在することになる。実際に、いる。五年生はざらにいる。

そんな大学五年生のイグチ先輩は、明るくて、フレンドリーで、実際に友達も多かった。だけど、僕はイグチ先輩を毛嫌いしていた。なんか、明るくて、フレンドリーなところが鼻についたのだ。

大学生にもなって、明るく、フレンドリーに振る舞い、友達を数多くつくるなんて、恰《かっ》好《こう》悪いじゃないか。

無口に黙っていてもできるのが真の友人。だから、そんな明るさ、フレンドリーさが、なんかイヤだった。

イグチ先輩の学食活用術はこうだ。

学食のおばちゃんと仲良くなるのだ。

食券を売るおばちゃんとも世間話をする。調理師のおばちゃんにも声をかける。「今日もうまそうやね」とか、食器を返却するときには「今日もおいしかった！」とかだ。

そしてイグチ先輩は、ご飯を大盛りにしてもらったり、あのうまいかまずいか分からないソースをたっぷりかけてもらったり、余った総菜をこっそりもらったりしていた。

うらやましい気持ちは、ないわけでもない。

でも僕にとっては、普通の量で十分だし、そこまでしておまけしてもらおうとも思わない。

そううまくはない料理に、「おいしかった！」なんて言うなんて、なんかおかしい。

大人の男が、ヘラヘラおべっかを言うなんておかしい。

ある日、一人で昼食を食べていたら、イグチ先輩がA定食ののったトレーを持ってやって来た。

「よう、イケべ、隣いい？」

僕は大学ではイケべと呼ばれている。高校までは名前のほう、「崇」、タカシと言われていた。なんとなく、イケべは他人行儀な気がするのだが、僕は、ここで心機一転すると決めたのだ。その一環と思えば、イケべと呼ばれることも大歓迎である。

「よう、イケべ、隣いい？」

昼休みの学食は大混雑しているし、先輩なのだから、イヤとは言えない。

僕も同じA定食だが、イグチ先輩のトレーには、普通のA定食にはないホウレンソウのおひたしの小鉢がのってある。

「もらったっちゃん」と自慢げに言うので「いいっすね」と応える。

「やろうか？」と言うので「いいっす」と答える。

「そう。野菜、大事なんよ～」と言いながら、味噌汁に箸をチャポリとつけた後、ご飯を食べ始めた。

「おばちゃんと仲良くなったら得ばい」と、これまでどんなサービスをしてもらったかを挙げ連ねながら、A定食を食べすすめる。

先輩は立てなければならないと分かっているけれど、僕はこんな自慢話が大嫌いだ。生理的に受け付けないのだ。

それが、つい表情に出てしまった。

そんな僕に感づいてか、「お前、そんなんだったら人生損するよぉ〜」なんて笑いながら言われた。

それが、カチンときた。

A定食ごときで人生を語られたくはない。

しかもイグチ先輩は、単位が足りず、卒業も、就職もできていないのだ。

そんな人に人生を語られたくはない。

「大丈夫ですよ。僕は僕なりにちゃんとやっていきますから。むしろ、問題は、お金をもらいながら、こんなにまずい料理を作り続ける調理師のほうだと思います」

イグチ先輩は、あっさりと応えた。

「確かにうまくはないよねぇ」

「でしょ？　みんなまずいって言ってますよ」

「そうやなぁ。でもな、逆に考えてみてん。みんなが『まずい、まずい』って言うやろ。だけん、そこで、俺が『おいしい』『ありがとう』『ごちそうさま』って言うわけよ。だからこそ、おばちゃんたちは覚えてくれるわけよ。サービスしてくれるわけよ」

「僕は、サービスしてくれなくてもいいんです……」

「別にサービスしてもらうとかじゃなくてな。『おいしい』『ありがとう』『ごちそうさま』って言うとか礼儀やん。そしたら、おばちゃんたちも喜ぶやろ？　俺もサービスしてくれてうれしい。みんなが幸せになるやん。それが、そんなにイヤか？　言うのなんてタダやぞ。それでみんな幸せになるんなら、言ったほうがいいと思うけどなぁ」

「まずいのに『おいしい』なんて言うのなんて、ウソですよ。僕はウソはつきたくないです」

「別に俺だってウソをついてるわけやないよ。じゃあ、学食で『まずい』と言い続けて、それで定食がおいしくなると思うんか？」

「自覚しておいしくする努力をし始めるんじゃないですか？」

「お前ね……。『バカだ、バカだ』と言われ続けて勉強する気になる？　『すごいね、よく頑張ったね』って言われたほうが、やる気が出るやろ？　それと同じじゃん」

受験勉強を乗り越えてきたばかりの僕には、その心理はよく分かる。

教育心理学の授業でも習ったばかりだ。

ピグマリオン効果というのだそうだ。

こういうことだ。

まず、小学生に学力テストを行う。その結果を担任にこう報告する。「実は、このテストで、どの子が将来に成績が伸びるのか分かるのです。先生には、将来に成績が伸びる生徒の名前を教えましょう」。しかし、そこで教えられた生徒の名前は、学力テストの成績とは関係ないランダムに選ばれた子。一年後、再び学力テストをすると、名前を挙げられた子は、そうでない子に比べて明らかに成績が上がっていたという。

つまり、教師は成績が伸びると期待して生徒に接するので、その結果、その生徒は成績が伸びたということである。

期待されて、「お前はできる」「すごいね」と声をかけられるほうが、頑張れるのだ。伸びるのだ。

僕は、心の一部では納得しながらも、何か悔しくて反論した。

「でも、全然、おいしくなってないっすよ」

「あんなぁ。それくらいで学食がおいしくなるんやったら、とっくにおいしくなっとるよ。言い続けるんよ。俺が言い続ける。そして明日から、お前が、言う。で、だんだん言う人が増えていけば、本当に変わるかもしれんやろ？」

「もし仮に、十年後においしくなるとしても、そのときに、僕たちはいないでしょ？　その日のために僕たちはまずい定食に『ありがとう』『おいしかった』を言い続けるんですか？」

イグチ先輩の顔がムッとした。

「お前さ。教師とかムリやと思うぜ。教育ってな、いつ花開くか分からない、子どもの可能性を信じ、手間暇かけて、育てていくわけやろ。もし、お前が教師になるなら、俺の子どもはお前に教えられたくはない」

これは僕にとってすごくショックな一言だった。

そして、すごく頭にきた一言でもあった。

「お前だって、教師になれてねぇじゃん。卒業さえできない人間に言われたくはねぇよ！」と言いたかったが、それはさすがに言えなかった。

けど、絶対に言い負けたくはなかったので、かろうじて「教師がダメなら、企業で頑張

ります よ！」と訳の分からない反論をした。

「同じよ。もし、企業で営業やるんやったら、お前からはモノは買わん。もし、お前が政治家になろうとしても、俺はお前に一票は入れない。『ありがとう』『ごちそうさま』も言えん人間が成功なんかできるはずがない」

なんでA定食ごときで、ホウレンソウのおひたしをサービスされたぐらいで、僕がこんなことを言われなければならないのか。

悔しくて、悔しくて、胸が熱くなるのをこらえながら、僕は下を向きながら、A定食を食べ続けた。

イグチ先輩は僕よりも早く食べ終え、「またな」と笑顔で言いながら、食器を持って席を離れた。

この余裕さが、ムカつく。

返却口では、イグチ先輩が「おばちゃん、ありがとう〜」なんて言っている。

これ見よがし感がムカつく。

僕は、絶対、まずい定食においしいなんて言わない！

社会に出たら、イグチ先輩より、成功してみせる！

そう心に誓いながら、僕はA定食を食べ続けた。

2

大学というトコロは、自由だ。

高校までの僕は、比較的まじめだったのだと思う。不良にあこがれる時期はあったけれど、それを親が許さなかったし、先生が許さなかった。

遅刻をすれば怒られるし、無断欠席なんか絶対にできない。

先生は「体調に気をつけよう」なんて言ってくれるし、家庭訪問なんかもあったりする。月に一度は風紀検査があったし、校則を破ろうと思っても、コソコソ破るしかできないのだ。

今は違う。

何を着ようが、金髪にしようが、自由だ。

遅刻をしても、授業を休んでも、何も言われない。

だけど、平気で単位を落とされる。

追試なんてない。補講なんてない。

病気をしようが、引きこもろうが、誰も心配してくれない。

家庭訪問なんて絶対にない。

大学は限りなく自由で冷たい。

そんな冷たさに気づかずに、僕は自由を謳歌《おうか》した。

そして、そんな自由さが、僕をだんだんダメにした。

徹底的に遊びまくり、徹底的に授業を休んで、徹底的に単位を落とし、留年なんかしてしまえば、僕はもっと早くに目が覚めていたのだろうと思う。

だけど、基本がまじめで、要領のいい僕は、単位を落とさない程度に授業を休んだ。いつも席は、教室の最後列に座った。最後に出席をとる授業は平気で遅刻したし、最初に出席をとる授業は、出席をとった後、先生が板書している間に教室を抜け出したりもした。

授業中、寝るなんていうのはごく当たり前だった。

授業中に平気でジュースも飲んだし、空き缶をそのまま机の上に放置した。どうせ掃除のおばちゃんが片付けてくれるのだ。

ちなみに、こんな大学デビューをしてしまう学生は僕だけではない。

授業中に帽子をかぶっている学生もいたし、サングラスをはずさない学生もいた。音楽を聴いている学生もいた。そんな学生もいたから、僕も、これが当たり前になっていた。誰にもなんにも言われない。

なんて楽な大学生活。

ただし、前期の終わりにはテストという試練がある。

入学時に、希望に満ちあふれて新調したルーズリーフは、最初の数ページだけ細かくノートがとられ、あとは真っ白。

大学では、ノートの貸し借りは当たり前である。

ただ、基本は「貸し」と「借り」である。この授業のノートを貸すから、あの授業のノートを見せて、という具合だ。

僕には貸すノートがなかった。

だけど、いろんな人からノートのコピーを借りまくって、またコピーした。自分が書いたノートをタダで貸すのはしゃくだけど、ほかの人から回ってきたコピーなら平気で貸してくれる。

持ち前の要領のよさで僕は、コピーのコピーを集めまくった。

そして、前期の単位は一つも落とすことはなかった。

しかし、学科内で問題が起きた。

同級生の女の子が、ある授業の単位を落としたのだ。実は、その女の子が、その授業のオリジナルのノートを作り、ほかの同級生は、みな彼女のノートにお世話になった。そして、単位を落とした数名の中の一人が、彼女だったのだ。

彼女が、今、怒りながら泣いているのだという。

同級生の中にサクラさんという女の子がいて、僕はサクラさんからそのことを聞いた。サクラさんは、顔はきれいなのだけれど、気が強い。しっかりものだ。彼女は一浪していて、僕より一つ年上だが、同級生なのだからそんなことは関係ない。同級生として普通に接している。

僕は彼女から、よく何かを言われていた。いわゆる、お小言だ。説教に聞こえることもあったし、批判に聞こえることもあった。少なくとも聞いていて、うれしいものではない。

だから僕はサクラさんが苦手だった。

そのサクラさんが僕の手を引っ張っていく。

教室のドアを開けると、単位を落とした彼女が泣いていて、そのまわりを同級生が取り囲んでいた。

「タカシ君も、ノート借りたんやけん」とサクラさんが言う。

僕には意味が分からなかった。

そりゃあ、ノートのコピーはもらったけど、それと単位を落とすのとは関係ない。先生は、公平に試験を採点し、彼女は、点が取れなかったのだ。

そこで怒ったり、泣いたりするのは筋違いというものだ。

僕には何もできないし、する必要もない。

僕は教室に入らずに、廊下で、サクラさんにそんなことを小声で説明した。

「彼女の気持ちにもなってん」とサクラさんも小声で言う。

「彼女の気持ちになって考えれば、僕たちが謝ったり、慰めたとしても、気は晴れんやろう。それやったら謝っても意味ないよ」

「そうやけんって、泣きよんのを放っておくん？」

「バイトがあるんよ」

「……そう。じゃあ、しょうがないね」と言って、サクラさんは教室に入った。

時計を見ると、四時三十五分。

やばい。時間がない。

僕は、走って定年坂を駆け下りた。

僕は間違ってる？

間違ってないやろう！

じゃあ、何で、僕がこんなに汗だくにならんといけんのや！

アイツが、ちゃんと単位を取ればよかったんや！

3

九教大では毎年、十一月に学園祭が行われる。田舎の小さな大学なのだけれど、その閉鎖性が異様な盛り上がりをつくりあげる。

僕たちの学科は、毎年恒例で、模擬店としておかまバーをやっていた。

九教大の学祭は「小美のお化け屋敷」「小理の広島風お好み焼き」、そして「おかまバー」と、評判になっているほどの、毎年の定番なのであった。

ちなみに小美とは、小学校教員養成課程美術科の略。中学校教員養成課程国語科ならチューコク、中学校教員養成課程社会科ならチューシャとなる。

打ち合わせ段階では「アホくせー、なんで、俺が女装せないかんと」とか思っていたが、当日になると、次々とお客さんが入ってくることがうれしく、酒を飲んで、すぐにノリノリになった。

当時は十八歳なので完全に違法であるが、大学生とはそういうものだ。もし、未成年の飲酒として大学一年生の飲酒を取り締まったら、毎年六〇万人を超す大学進学者のほとんどが逮捕されるだろう。

毎年の定番だけに、おかまバーの教室は客で満杯。客には、九教大の学生もいたし、他大学の学生もいたし、宗像市の地域住民や、子連れの家族もいた。

席に着いた客の隣に座り、「リンダといいますぅ〜」とか適当なことを言って、客が男なら「あら、お兄さん、いい男ねぇ」なんて言い、客が女なら「あら、あんた不細工ねぇ。私のほうが全然キレイ！」なんて言い、客が男女いずれにせよ「私も一杯いいかしら？」なんて問い、相手の返事を待つまでもなく、「フォア、一杯！」と注文するのだ。

ちなみに、フォアとはフォアローゼズの略で、バーボンの銘柄だ。当時の僕のまわりでは、流行っていたのだ。

なんてボロい商売なのだろう。

女装しているだけ。それだけで、客がやって来る。客と話しているだけ。それだけで、客は、酒を飲んでお金を落としてくれる。しかも、客の金で自分も酒が飲めるのだ。それも売り上げになるのだ。

上機嫌でおかまをやり続けた。

おかまメイクに似合う派手な顔立ちと、下品なトーク、そして飲みっぷりが受けたらしく、よく指名を受けた。「新人ナンバーワンのリンダ」で売った。

一方、不動のナンバーワンは、あのイグチ先輩だった。一八五センチはある体格と、五年目となるおかま経験は、圧倒的貫禄をかもしだし、「ビッグママ」と呼ばれていた。

ビッグママとリンダが同じテーブルに着くこともあった。

「ちょっと若いから、かわいいからと思って、いい気になるんじゃないわよ！」

「あら、ひがんでるの。今に見てなさい。私がナンバーワンになるんだから！」

なんて、ドラマでよくありそうな、でも実際には見たことのない、銀座のクラブの一場面を展開し、これがウケた。

ただ、僕の内心は本気だった。「お前からはモノは買いたくない」と言われたことを根に持っていたのだ。なんとか見返してやりたいと思っていたのだ。

前夜祭を含む三日間の学祭期間中、本当によくしゃべった。三日間もずっとおかま言葉でしゃべっていると、つい、おかま語になってしまう現象が数日続いた。

そうして、本当によく飲んだ。三日間とも、どうやってウチに帰ったのか記憶がない。

学祭の二週間後、学科での打ち上げが行われた。おかまバーの売り上げは、すべてこの打ち上げに充てられる。カネのない、僕たち学生にとっては、タダ飯、タダ酒が飲めるまたとないコンパである。

そして、毎年恒例、この打ち上げで、売り上げナンバーワンが発表されるのである。

乾杯の発声は四年生。

乾杯と同時に、一年生は先輩方に挨拶に回らなければならない。そして一人につき、必ず一杯は一気をさせられる。挨拶する前に、グラスを空にしないと、挨拶を受け付けてくれないのだ。場合によっては、挨拶前に三杯のノルマを課す先輩もいる。

たいがい、ほとんどの一年生は、こうして一次会でツブれていくというか、ツブされる。

でも、僕はこれまでツブれるみたいな醜態をさらしたことはない。「まずいな」と思ったら、いや、思う前にトイレに行き、手をのどに突っ込み、吐く。これは、九教大に入学してから、コンパを何度も経験しマスターしたワザである。

泥酔して、どこかの先輩の家に担ぎ込まれ、トイレで吐き続け、先輩に介抱してもらい、先輩の部屋で寝ゲロする。朝起きて部屋を掃除し、先輩に謝る。しばらくの間、そのことをネタにされる。

僕は絶対にそんなことをしたくないし、そんなことにはなりたくないのだ。

そんな思いがあって、マスターしたワザである。

打ち上げコンパの日も、僕は乾杯の発声以降で、先輩の挨拶回りを行って、数十杯のビールを飲み続けた。限界に達する前にトイレに行き、吐いてまた飲み続けた。

一年生の数名が、部屋の隅で横たわっているほど、宴がたけなわになった頃。

三年生の実行委員長がみんなの前に立ち、今年の客数、売り上げトータルを紹介し始めた。そして「今年の売り上げナンバーワンは……」

僕は静かに聞いていたが、コンパ会場の雰囲気はすっかりできあがってしまっていて、勝手にそれぞれ騒いでいる。

そんな中、実行委員長は続けた。

「売り上げナンバーワンは、なんとぉ、リンダちゃんですっ！」

一部からは「おおぉ〜」という声が上がったが、圧倒的に、雑談の声のほうが多い。数年間、続いていたビッグママをナンバーワンの座から引きずり下ろしたわけだ。本当は、もう少し大きなどよめきと拍手喝采《はくしゅかっさい》を期待していたが、それでも僕は満足だった。

実行委員長が「リンダちゃん、一言っ！」と言うので、僕は、その場に立って「来年もナンバーワンになれるように頑張ります！」と答えた。

そうしたら「飲ーめ！　飲ーめ！」の大コールが起きた。こんなときは全員が雑談をやめ一致団結するから不思議だ。

コールに押され、僕はビールを四杯一気した。最後は、焼き鳥が盛られていた大皿に熱燗《あつかん》が注がれ、それも一気させられた。

焼き鳥の脂と、キャベツにかけられたポン酢と、甘ったるい剣菱が死ぬほどマッチせず、その混合液を流し込む。たまに胃から何かの物質が逆流してきて、口の中で混合液にさらに何かが混合される。それを飲み込む。そんなことを繰り返しながら、涙目になりながら飲み干した。

もし途中で口を離したり、吹き出したりすれば、確実に「もう一杯」が待っている。現在であれば、アルハラで問題となるところだが、当時の九教大ではそんなの当たり前だった。

飲み終えた後は、さすがに本気でトイレに駆け込んだ。

吐き終えて、青白くなった赤ら顔で、席に戻った。

席はサクラさんの隣だった。

「いや〜、飲まされた〜」なんて、明るく話しかけると、サクラさんはこう言った。

「先輩たちにお礼を言ってきたほうがいいよ」

え？

何で？

意味が分からん……

また始まった……

「さっき、挨拶回りはしたけん」

「先輩たちの何人かが怒っとったよ」

「何で？」

「おかまバーのときね、先輩たちを使っとったやろ？」

おかまバーでは、男子学生がおかまをやり、女子学生がボーイをやる。注文はボーイにするのだが、当然、ボーイの中には先輩もいる。

確かに、その先輩に「ビールとフォア、一杯ずつね」なんて注文した。記憶を思い返せば、「ちょっとぉ。お酒まだなのぉ」なんてことも言った。確かに、日常生活であれば、後輩が先輩に言ってはならないようなことも言った。

「おかまバーなんやけん、仕方ないやん。そこだけ素に戻れんやろ」

「それがひどすぎたんやって。それから店が終わっても、片付けせんかったし」

む……。確かに僕は、三日間とも、飲みすぎて酔いつぶれていた。

サクラさんはさらに追い打ちをかける。

「タカシ君の席は、注文しても食べ残しが多かったやん」

確かにそうだったかもしれない。

僕は、客にお金を落とさせることだけに、専心していた。食べたくもないフルーツの盛り合わせを頼んだし、枝豆も頼んだ。当然、食べ残しも多くなった。

「売り上げあげるためやん。だけんナンバーワンになれたとって」

「でもね、みんな必死で、裏で、果物むいたり、枝豆湯がいたりしてるんよ。みんな皿もコップも洗い続けたんよ。そんな人たちの気持ちを考えたことがある？」

「そんなん、店やるんやから当たり前やん。役割分担の問題やないん？」

「役割分担かもしれんけど、感謝するとか、そんな気持ちがあっていいんやないん。だけん、お礼に行ったほうがいいって言っとるんよ」

彼女は酒を飲んでいなかった。だが、だんだん、彼女の声も大きくなっていた。

ちなみに、この学科では女の子はムリに飲ませられない。特に、男の先輩と仲良くなっていると、飲ませられなくなる。だから、一年生の女の子たちは、男の先輩たちに尻尾《しっぽ》を振っている。僕は、詳しくは知らなかったけれど、サクラさんは、イグチ先輩と付き合っているという噂を聞いたことがある。

そんな長いものに巻かれているような人たちの言い分には、絶対に負けたくはない。

「じゃあな、そんなこと言うんやったら、全然、売り上げが低い人のほうが問題やないん？　与えられた役割さえ、果たしていないっていうことやん。今日のコンパだって、売り上げをあげたけん、タダで飲めるわけやろ」

酒を飲んでいたこともあって、僕も感情的になった。

なんでナンバーワンになるまで頑張ったのに、ここまで言われなければならないのか。

次の一言、もう次の一言が、心の中にわき上がっているときに「おつかれ〜」と、イグチ先輩がやって来て、僕とサクラさんの間に座った。

「ナンバーワン、おめでとう〜」と言いながら、笑顔で、僕のコップに日本酒を注《つ》いだ。

納得はいかないが、イグチ先輩からの「おめでとう」という言葉に悪い気はしなかった。

コップの日本酒を飲み干し、先輩に返杯しようと思ったら、「まま、もう一杯」と言われ、その後も、しこたま飲まされた。

その後、記憶はない。

翌日、昼前に目を覚ますと、一応、家で寝ていた。上は革ジャン、下はパンツという格好だった。ジーンズは、玄関をあがってすぐのところに脱ぎ捨てられていた。

机の上には、コンビニの袋と、食べかけのおにぎりがあった。おそらく、飲み会から帰る途中に買って食べようとしたのだろう。だって、食べたものは、途中で全部吐いているのだから。

その日の二日酔いはひどく、激しい頭痛と、吐き気にしばらく悩まされた。

そしてサクラさんの言葉も頭の中には残っていて、それが何度も反芻《はんすう》された。そのたびに、自分なりの理屈や言い訳を必死に考えたが、その反芻が終わることはなかった。

4

おかまバーでは、お客さんのお金でタダ酒が飲めたことに加え、もう一つ役得があった。彼女との出会いである。

学祭最終日、彼女が、「私」のテーブルに通された。

お約束のおかまトークで、彼女の素性を聞き出した。北九州国際大学の一年生なのだという。高校時代の友人の誘いで九教祭に来たのだそうだ。

酒が入っていることもあって話は弾んだ。

その勢いで電話番号を聞き出した。

いや、聞き出したことをうっすら覚えていた程度だ。

彼女が席に着く前までに、僕は相当飲んでいて、彼女が店を出た後も、僕は相当飲み続け、どうやって家に帰ったのかも覚えてなく、翌日は二日酔いで苦しみまくり、吐き続けながら、ふと思い出したのだ。

あの彼女の電話番号を、割り箸の紙袋に書いてもらったはずだ。

昨日着ていた服のポケットを探すが見つからない。上着もシャツもズボンのポケットも探すが見つからない。

確かに割り箸の紙袋はもらった。チャイナドレスから着替えたり、記憶が飛んでいる間に、どこかに無くしたのかもしれない……、と諦《あきら》めようとしたときに、自分の性格を省みた。

一番大切なモノは、一番大切なトコロに入れているはずだ。

つまり財布である。

財布を開いて、札入れ、カード入れ、と探していくと、免許証入れの後ろから、割り箸の紙袋が出てきた。

最近の大学生は、携帯電話の赤外線通信でピピッとやって、携帯に記録しているあらゆる情報を交換できるそうなのだが、当時はそうでなかった。携帯さえ持っていなかった。当然、パソコンもないしメールもない。

だから相手の電話番号をいかにして聞き出すかに心血を注いでいたのだ。彼女をつくろうと思えば、相手の電話番号を聞き出すしかないのだ。

そうして聞き出した電話番号を、簡単に無くせるわけがないと思い、おそらく泥酔状態で、肌身離さない財布にしまったのだろう。

さて。

当時の僕にはそれからもハードルが高かった。

彼女に初めて電話をかけるにも、相当に勇気が要った。電話の前で、三十分以上、かけるかかけまいか悩んだ。運よくつながった場合、なんて切り出すか。どんな会話をするか。

そもそも彼女は、おかまの僕しか知らないのだ。

勇気を出して受話器を取り、番号を押した。

数回の呼び出し音の後、つながった！

一瞬迷ったが、やっぱり、「リンダよ〜、覚えてる〜？」なんて完全におかまトークで入らざるを得なかった。しかし、これが功を奏した。おかまだから、結構大胆な発言を冗談っぽく繰り出し、会う約束を取り付けた。

デートといっていいのか分からないが、僕にとってはデートだった。

最初のデートは小倉《こくら》。北九州国際大学に通う彼女のホームグラウンドだ。

小倉駅前で待ち合わせをし、商店街を歩いた。『おいらのまち』というタウン誌を本屋で立ち読みし、事前に調べておいた、小倉で評判の店で昼食を食べた。

それから毎日のように電話を重ねた。

デートもした。

次のデートは戸畑《とばた》。次のデートは黒崎《くろさき》。

「鹿児島本線を制覇しよう！」なんていう一言を、戦略的に切り出した成果だ。

北九州市は、面積的にデカイ。一九六三年に、門司市、小倉市、戸畑市、若松市、八幡市の五市が合併されてできたのだそうだ。だから鹿児島本線沿線上に、戸畑、八幡《やはた》、黒崎、折尾《おりお》っていう小都市があって、そこそこ店などがあるのだ。

僕たちは、駅で待ち合わせをして、ブラブラと商店街を歩いたり、デパートの全フロアを見て回ったり、公園に座って話したり、事前に調べておいた店で食事したり、夕方になるとたまに居酒屋で酒を飲んだりした。

水巻《みずまき》駅、遠賀川《おんがが》駅、海老津《えびつ》駅には何もないのでパスである。

そして、ついに、僕のホームグラウンド、教育大前である。

プランを練る。

そして、昼食はウチで食べようと決めた。

理由はいくつかある。

その一。教育大前に、彼女を連れて行けるような店がない。

その二。これまでのデートでカネがかかりすぎている。男たるもの、デートでは男がおごるのが当然である。これまで、彼女が喜びそうな、ちょっとおしゃれな店を選んでいたので、結構、カネがかかった。今さら、ワリカンにしようなんて言い出せないし、言い出したくもない。みみっちぃ男だなんて思われたくはない。だけど、せっかくアルバイトで稼いだカネが、食事ごときのために、あっという間に消えていくのはもったいない。

その三。下心。僕の奥底には、下心があった。十八歳のオスとして当然の下心である。ウチに招けば、その可能性は高まる。

ほとんど料理をしたことがなかった僕は、必死で考えて、お好み焼きを作ることにした。前日の夕食に、一度練習をして、うまくいった。お好み焼きなんて、まずく作りようがない。おたふくのお好み焼きのソースとマヨネーズをかければ、どんな方法で作っても、うまくなる。

5

当日、十一時。約束の時間である。

電車が到着した。

僕は改札で待つ。

階段を人影が上がってくる。

ちがう。

ちがう。

三人目が彼女だった。彼女は、階段を笑顔で駆け上がってきた。屈託のない笑顔。そして、走って来てくれたことに、「早く会いたい」という気持ちを感じることができた。

「なんて素敵なんだろう」と思った。

それから、教育大前の町を案内する。案内するといっても「メインストリート」と呼ばれている通りを往復するだけ。メインストリートといっても、紹介するような店なんて一軒もない。

宿場町だったようで、その名残や、それを紹介する看板は立てられているのだけれど、十九歳の僕には、全く関係がない。

メインストリートの往復は、かなりゆっくり歩いたにもかかわらず、三十分もかからずに終わった。

寒いし、ウチで過ごさざるを得ないのだ。

わざとらしさのない完璧な展開である。

CDも、ビデオも準備している。

「寒いけん、ウチで音楽でも聴く？」

「うん、いいよ。行こう」

結構、ドキドキしながらの一言だったが、彼女はあっさりとオーケーしてくれた。

アパートに向かいながら、「池にいる鳥は寒さを感じないのか」とか、「ゴミのポイ捨てをする人の心理」とか、「日本の自動販売機の設置台数は世界一位」だとか、目に入るものを話題に、次々といろんなことを語った。

語りながら、僕の頭の中は「手順」を考えていた。

エッチな手順ではない。

着いたら、すぐに紅茶を入れ、いつの段階で料理にとりかかり、そしていかにお好み焼きを作るか。その手順を頭の中でおさらいしていたのだ。

カッコいい男は、そこら辺が、さりげなく、ナチュラルにできなければならないはずだ。

ちなみに、僕の住んでいるウチは、学生用のアパートである。玄関を開けてすぐ右手に台所があり、左手にトイレとバス。そして奥に八畳の部屋。

おそらく、大学生の部屋としては恵まれているのだと思う。都会の他大学の友人の話を聞けば、六畳が当たり前だし、トイレとバスが一緒になっているタイプも多いという。そういう点では、田舎の大学の良さはある。

家に着いて彼女を家にあげ、CDをかけ、コタツに座らせ、お湯を沸かす。

普段は飲まないけれど、今日のためにわざわざ買ったリプトンの紅茶を入れながら、

「このクラプトンの『クロスロード』ってな、ロバート・ジョンソンのカバーなんやけど、全然、違う。クラプトンのほうが千倍カッコいいな。あ、ロバート・ジョンソンのCDもあるけど、後で聴く？」なんてことを語る。

だいたい、こういう知識をひけらかしているときは、完全におかしくなっている。

音楽の話をし、たわいもない日常の話をし、それから、おかまバーの昔話。

おかまバーの話は、デートのときの定番ネタで、あのときこんなコトを言ったとか、言

わないとか言って、笑い合うのだ。

気がつけば、十二時半を回っていた。

「あんね、この近くに、おいしいご飯が食べれるところないけん、チャッチャッって何か作るよ。そうやなぁ。お好み焼きでいい？」とか聞いて、「え、作ってくれるん、ありがとう」という言葉を聞き届けて、僕は台所に立つ。

「何か手伝おうか？」と言われるけど、「いや、いいよ。ＣＤでも聴いとって」と返す。

慣れない料理の手つきを見られたら恥ずかしい。

小麦粉に卵、水を入れて混ぜ、生地を作る。キャベツは、実は事前にたっぷり時間をかけ、千切りしていた。そのキャベツとモヤシを、生地が入ったボウルに投入。よく混ぜる。

具は、豪華に見えるようにと、缶詰のシーチキン、冷凍コーン、そしてチーズをのせ、三色お好み焼きである。

前日の練習でマスターしたコツが一点。

フライ返しで押しつけてしまうと、フワフワ感がなくなるので、押しつけないほうがいい。

グルメ番組の定番。表面はカリッと、中はフワッと。これができれば、絶対にうまいはず。

予定より、だいぶスケジュールが押していたので、大慌てで作った。早く焼けるように強火で焼いた。フライパンが一つしかないので、一枚目を焼き終えたところで、彼女の前に置き、「熱いうちに食べてね。先に食べておいて」と声をかけ、僕は自分の分の二枚目を焼くために台所に戻った。

二枚目が焼けたところで、それを皿にのせて、食卓に着いた。

彼女の箸が進んでいない。

一緒に食べようと思って待っててくれてたのかな、と思ったがどうやら違う。

口はつけている。

よく見ると、彼女が先に食べていた一枚目は、十分に焼けておらず、中央の内部の生地が、まだドロリとしていた。

彼女はそれを無理して食べていたのだ。

愕然《がくぜん》とした。

僕は尋ねた。

「なんで、焼けとらんよ、って言わんかったと!?」

自然と強い口調になっていた。怒っていたわけではない。

恥ずかしくて、情けなくて仕方がなかった。それを隠すために、強い口調になってしまったのだ。

一瞬の間を置いて、彼女は謝るように言った。

「せっかく作ってくれたから、言えんかった……」

「そんなん……、ちゃんと言ってくれたほうがいいのに……」

言葉が出なかった。

彼女の皿を持って台所に行き、もう一度焼き直した。

そして再びテーブルに着いた。

練習では、うまくいったのに……。

たぶん、時間が押してる、急いで作らなきゃって思って、焦ってしまったのだ。あのときもうちょっと……。

後悔の念ばかりが浮かぶ。

僕は彼女の顔もうまく見られず、無言で食べ続けた。

「おいしいね。作ってくれてありがとうね」

彼女が切り出した。

「さっきはゴメン」

僕の中には、恥ずかしさと情けなさと、強い口調になってしまった申し訳なさがまだ残っていた。

「ううん。全然気にしとらんよ。でも、前、料理とかせん、って言いよらんかったっけ？」

「普段はせんよ」

「じゃあ、今日は特別に作ってくれたんや」

「お好み焼きとか、料理のうちに入らんよ。お好み焼きのソースをかければ、誰でもあの味になる。まぁ、よく焼けてなかったからまずかったと思うけど」

「それでもうれしかったよ」

僕は、正直、生焼けのお好み焼きを食べて、なんでうれしいのかがよく分からなかった。

僕の母は、よく料理をしていたが、ごくまれに、料理に髪の毛が入っていたりした。父がそれを見つけると怒っていた。

「髪の毛が入っちょんぞ」と指摘する父。

「あ、ごめん」と謝る母。

「何で、お父さんのに入るんやろうなぁ。髪を見つけても、黙って、除《よ》けちょけばいいに」とブツブツ言う母。

それに応えず、黙って食べ続ける寡黙な父。


僕はそんな光景を見て育った。

あの日の料理に髪の毛が入っていたのは母の責任。

だから、今日のお好み焼きが生焼けだったのは僕の責任。

そんなことを考えた僕にとっては、「うれしかったよ」なんて、慰めやお世辞にしか聞こえなかった。

「本当にうれしいんよ。キャベツ切って、生地作って、焼いて。昨日から材料準備したり、買い物にも行ってくれたんやろ？　普段、料理せんのやったら、練習とかもしてくれたんやないいん？」

「まぁそうやけど……」

「その気持ちがうれしいやん。すっごい時間さいてくれたんやろ？　それがうれしいんよ」

彼女は笑顔で続ける。

「小学校のときね、校長先生がね、全校朝礼でこんな話をしてくれたんよ。私、そんなことを考えたこともなかったから、すっごく覚えてるの」

それは、こんな話だった。


「いただきます」「ごちそうさま」をなぜ言わなければならないか分かりますか？

「いただきます」の意味の一つは、作ってくれた人の命をいただくということです。

命とは時間です。

ある人が八十歳で亡くなったとしましょう。ということは、八十年間という時間が、その人の命だということです。

今朝、皆さんのお母さんは、三十分かけて朝ご飯を作りました。

今日の夕食、お母さんは、一時間かけて夕ご飯を作ります。

その朝ご飯にはお母さんの三十分ぶんの命、夕ご飯には一時間ぶんの命が込められているのです。

皆さんが生まれてから今日までの間、お母さん、お父さんは、自分の命の時間を使って、皆さんを食べさせてきたのです。

そして、これから親元を離れるまで、ずっと、皆さんは、お母さん、お父さんの命の時間を食べていくわけです。

「いただきます」の意味の一つは、作ってくれた人の命をいただくということです。

食べ物を粗末にすることは、作ってくれた人の命を粗末にすることです。

心を込めて、「いただきます」「ごちそうさま」を言いましょう。

食べ物を作ってくれた人に感謝の気持ちを忘れないようにしましょう。

僕もそんなこと考えたことがなかった。

「私ね『いただきます』『ごちそうさま』って、マナーとか、礼儀とかって思って言ってたんよ。けど、その話を聞いてから、考え方がすっごく変わったん」

彼女の考え方が、すごく大人のように思えた。

「今日はね、私は、タカシ君の命の時間をいただいたんよ。それがいただけたのは、タカシ君が、時間を費やしてくれたからやけん。私は、それがすっごくうれしかった」

そんな彼女の言葉を、慰めやお世辞として聞いていたのだ。

僕はバカだ。

いつの間にか、今まで心の中にあった、情けなさや恥ずかしさは、すっかりなくなっていた。

下心は、まだ確かにあったけれど、もうそういう雰囲気ではない。ここからそういう展開に持っていくのは至難の業だ。

「ありがとう。今度は、もっとおいしいもの作るけん」

僕は言った。

つい、口から出た言葉だけど、そのときの僕は確かにそう思っていた。

その後、彼女は「私ね、食ってすごいって思うんよ」と話をし始めて、彼女は泣いた。

その話を聞いて、彼女の涙を見て、僕も泣いた。

泣いたというか、涙がポロポロこぼれた。顔は笑っているけど、涙がポロポロこぼれてきたのだ。

もう下心は完全に抑え込まれた。

しばらくお互いにそんな涙を流し、しっかりと「ごちそうさま」と手を合わせ、「片付けは私がするね」と彼女はキッチンに立った。制止しようとしたけど、「洗い物好きやけん」と聞かなかった。

その後、彼女を駅まで送った。

まだまだずっと一緒にいたくて、話したくて、結局、やってきた電車に一緒に乗り、僕も小倉まで行くことにした。そして、小倉駅で彼女に見送られ、また、電車に乗った。

帰りの電車の中で、彼女が泣きながら話してくれた話を思い出した。

6

三月にね、大学の合格者が発表されるやろ。

第一希望が北九州国際大学の外国語学部やったけん、私は本当にうれしかった。

それから一カ月は、めっちゃ遊んだ。これまで遊べんかったけんね。

一カ月間はあっという間やった。

卒業式もあったし、大学の入学手続きもあったし、一人暮らしを始めるための家探しもした。

実家は、八女市《やめ》。同じ福岡やけど、ちょっと通えん。一人暮らしをしたかったから、そういう大学を選んだんやけどね。でも、帰ろうと思えばすぐに帰れる距離。お父さんも、「九州からは出たらいけん」って言ってたし。

入学する前って、本当にワクワクするよね。

ずっと受験勉強のプレッシャーがあって、それから解き放たれた感じ。志望校に合格できたし。

卒業式が終わってすぐ、初めて髪を染め、パーマをかけたんよ。

それまでは、校則があってそんなことできなかったけんね。卒業式の次の日に美容院に行った。

お母さんもね、今までは、髪のことも、服のこともいろいろ言ってきたけど、何も言わなくなった。

これからは自分の好きな服を着ることができる。

「もう自由～」って感じで、超ウキウキ。

一人暮らしの部屋も決まって、「どんな部屋にしようか」って考えたり。

「何のサークルに入ろうか」とか、「何のアルバイトしようか」とか。「アルバイトしたら、一カ月にどれくらい稼げるのだろう」とか。

そんなことを考えよったら、もうワクワク。

毎日が楽しくて、一人暮らしは、それ以上に楽しそうで、「早く一人暮らしを始めたいなーっ」て、心から思っとったんよ。

ウチにはね、高校二年の妹と、小学校四年の弟がおるんよ。

私は長女。小さい頃から、「お姉ちゃんなんだから」と言われとって、だんだん、自分の中で「お姉ちゃんなんだから」と思うようになった。お姉ちゃんらしく行動しようと努力してきたんよ。

それで、親からも、みんなからも、「親に甘えていない自立した子ども」って思われてたみたい。自分でもそう思っとった。

だから、親から離れてもそんなに寂しくないだろう、平気だろうと思っとったんよ。

でも違ったんよ。

明日は私の引っ越しという日の夜ね。

いつもどおりお風呂に入り、テレビを見て、お母さんが夜ご飯を作ってくれるのを待っとったん。

普通は、お父さんは、仕事の帰りが遅いんやけどね、この日はいつもより早く帰って来てくれたん。多分、私が実家での最後の食事やと考えてくれたんやと思う。

その日のメニューはハンバーグでね。

ありふれたメニューだけど、お父さんも、妹、弟も、そして私も大好きなお母さんのハンバーグ。

ハンバーグなんて、ジョイフルでいつでも食べれるし、ソースだって特別なものではなく、市販のデミグラスソースを使ってる。

でも、私はお母さんのハンバーグがなぜか好きやった。

「今日の夕食はハンバーグ」って言われたら、すごくうれしくなった。

小さな頃は、お母さんが台所でお肉を上下にペッタン、ペッタンやっていたのをじっと見とったんよ。今でも、そのうれしさが私の中に残ってるんかなぁ。

「もう、今日は忙しかったけど、最後やけんね、頑張って作ったー」

お母さんがいつもの調子で笑うんよ。

妹は、そのときは高二になる前かな。いい年して、小三の弟に「うちのハンバーグのほうがでかい。よかろー」とか、ちょっかいを出してるんよ。

弟も、負けじと、皿を換えたりしてね。

これが毎日の光景。

私はね、いつも、少し引いてその様子を眺めてきたんよ。

一番でかいといってもね、それは妹と弟がそう言っているだけで、実際にはそう大差はないんよ。

その日もね、そのやりとりを冷めて眺めてて、「バカやない」とか言ってたんやけど。

そうしたら、弟が「お姉ちゃん、最後やけん」と言って、一番でかいハンバーグを譲ってくれたんよ。妹も笑ってた。

そうして、やっと、家族五人で食卓を囲み、みんな揃って「いただきまーす」して食べ始めたんよ。

私は、「やっと食べれる」とか思いながらハンバーグを一口、口に入れたの。

そうしたら、食べれんことなったんよ。

箸が止まってしまって。

ずーっと、下向いて止まってたんよ。

そうしたらね、隣に座っていたお母さんが「なん!?　泣きよると!?」と私の顔をのぞき込んだん。

私ね。

泣きよったんよ。

涙も鼻水も次から次に出てきてね。のどが締まるような感じがして。あれだけ好きだったハンバーグがのどを通らなくて箸が止まってたんよ。

家族の前で泣くのなんかすごく恥ずかしいやろ。妹も弟もおるし。

最初のうちはね、どうやって泣きやもうか、いかにばれないように泣くか考えよったんよ。

でも、もう、お母さんに気づかれたらしょうがない。

っていうか、お母さんの「なん!?　泣きよると!?」の一言で、涙が一気にあふれ出てきて。

私ね、完全に箸を置いてワンワン泣いたの。

お父さんが、ティッシュを持ってきてくれて、そっと差し出してくれた。

なんかそうしたら、また涙があふれてきて。

拭いても意味ないように思えるくらいに出てくる涙を拭き続けたんよ。

そうしていたらお母さんが言うの。

「寂しくて泣いてくれよると？　泣いてくれんと思っとったー。なんかうれしかよー、ねっ、お父さん？」

そう言いながら、お母さんも泣きよんよ。

お父さんが「そうねー」って答えて。

妹と弟は、最初は「何事が起きたんだろう？」ってギョッとしていたみたい。

でも、空気を読んでか読まずか、「あー、おいしかー」なんて大きな声でわざと言い合ったりして。場を盛り上げようと思ってくれたんやろうねぇ。

しばらく泣いたら落ち着いた。

「あー、久しぶりにこんな泣いた。なんかすっきりしたー。あーお腹すいた」とか言って、また食べ始めたん。

まさか泣くとは思わんかった。

初めて「実は寂しかった自分」に気がついた。

再び食べ始めたハンバーグ。

「おいしい」とか思ったら、また泣けてきたんやけど、次は泣きながら食べ続けた。

グチャグチャの泣き顔を妹と弟に見られるのは恥ずかしいけん、できるだけ、ずっと下を向いてた。だけど、チラッと顔を上げると、妹、弟、お父さんの笑顔、そして目を赤くして笑っているお母さんの顔が見えてね。

なんかね、頭の中に、いろんなことが思い出されてね。

あのとき何を食べたとか、どんな話をしたとか、どんなケンカをしたとか、いろんなこと。お母さんのこと。お父さんのこと。妹、弟のこと。

「明日から一人や」って思ったら、また泣けてきてね。

「お母さんのハンバーグはすごくおいしい！」って、鼻をズビズビいわせながら食べた。

あれだけ泣かんかった私が、あのハンバーグを一口食べた瞬間に、涙が出てきたのがすごく不思議やったけど、あの一口が、今までのいろんなことを思い出させたんやろうと思う。

食ってすごい力を持ってるんやと思う。

7

彼女の話を聞きながら、僕もなぜか涙がポロポロこぼれた。

僕も母、父のことを思い出した。無性に、母、父に会いたくなったからだ。

電車の中でその理由を考え始める。

僕だって、彼女と同じように、愛され、育てられ、食べさせられてきたのだ。

でも、それが当たり前になりすぎていたのだ。作ってくれて、当たり前。おいしくて、当たり前。

家で「買った弁当」なんて食べさせられたこともないし、外食する機会も少なかった。

だから一人暮らしを始めて、それまで食べることができなかったコンビニ弁当を、自由に買って食べられることに喜びを感じていたのだ。

そしてコンビニ弁当には魔力がある。薄味で、野菜たっぷりの手作り料理中心で育っていた僕には、肉も脂もガッツリしてて味が濃くて刺激的なコンビニ弁当が「めっちゃウマイ！」と感じていたのだ。

そして僕にとっては、それが大人になることだと思っていた。

いつまでも「お父さん、お母さん」なんて言ってるなんて子どもっぽい。お母さんの料理の味を思い出すなんて精神的に自立できていない。

親と、できるだけ疎遠にして生きていくこと。

それが大人になることだと思っていた。

「いただきます」「ごちそうさま」にしてもそう。

手を合わせて、しっかり「いただきます」「ごちそうさま」を言うなんて、小学生の給食じゃないんだから、と思っていた。

でも、彼女の、家族を思い出して流した涙、食事に両手を合わす姿は、神々しいとさえ思った。

大人になるってどういうことなのだろう。

そんなことを考え始めた。

ふと、中学生だった頃の僕を思い出した。

超まじめ小学生だった僕は、その反動で、中学生になって、不良の先輩にあこがれた。

『ろくでなしブルース』なんてマンガが流行っていたせいもある。

僕の中学校にはそんな先輩や友人がいたし、いや、隣の中学校はもっと荒れていたと聞くから、大分市一帯に、そんな価値観が蔓延《まんえん》していたんだと思う。

人がビビってしないようなことをすること、怒られても平気な顔をしていること、平気でケンカすること、先生に盾突くこと、親なんかカンケーねー。そんなことがカッコいいと思っていた。そのマネをした。

でも、形だけマネて、実際は不良にもなれなかった。

そのことを一番カッコ悪いと気がついたのは高校に入ってからだった。そのときに思ったのだ。

「あぁ、なんて子どもだったんだろう。あのとき、道を踏み外さなくて良かった」って。

そんな中学生時代がよみがえって、ふと思う。

今、僕が考えている大人像も、カッコよさの定義も、もしかしたら間違っているのかもしれない。高校生の僕が中学生の僕をカッコ悪いと思ったように、数年後には、その僕が今の僕をカッコ悪いと思ってるんじゃないか。

大人になるって、どういうことなのだろう。

カッコいいって、どういうことなのだろう。

僕のまわりにいる、カッコいい大人。

それって、誰なんだろう。

8

彼女をウチに招いた日を境に、「料理ができるようになりたい」と心から思うようになった。

しかも、おしゃれな料理が作れるようになりたい。彼女から「うわー、すごい！」って言われるような料理だ。彼女がそれを食べて喜んでくれる。そんな料理を作れるようになりたい。

そのときふと思いついたのがカルボナーラである。

高校のとき、同じクラスの女子生徒が「ピエトロのカルボナーラがしんけんおいしい」と盛り上がっていたのを思い出したのだ。

と同時に、グルメ漫画『美味《おい》しんぼ』のワンシーンを思い出した。下手くそがカルボナーラを作ると、ソースがブツブツ固まって、麺にこびりついた感じに仕上がってしまう。カルボナーラをおいしく作るには、技術が要るのだ。

そんなカルボナーラをおいしく作れたら、絶対に「うわー、すごい！」ってなるはずだ。現在であれば、インターネットで検索すれば一発だが、当時は、パソコンもインターネットも料理レシピサイト『クックパッド』もなかった。

教育大前には本屋はないので、黒崎まで出かけ、デパートの中にある書店で、パスタの本を購入した。

帰りの電車の中でパラパラとページをめくった。

料理の本を読んでいるなんてカッコ悪いって気持ちもあったが、なぜかワクワクしていて、その気持ちを抑えられなかった。

僕は、ヘンなところでキッチリしている。例えば、小学生の宿題冊子『夏の友』でも、必ず一ページ目から始める。自分の好きなページから始めたり、難しいページを飛ばしたりはしない。最初から確実に一ページずつやっていく。

だからパスタも、おいしそうだとか、自分が食べたいということではなく、一ページ目から確実にマスターしていこうと決めた。

最初のページは「ナスのアラビアータ」であった。アラビアータという名前がおしゃれではないか。しかも、トマトソースは、パスタの基本ソースの一つだという。僕は、「基本」という言葉に弱い。基本ができていれば、応用は利く。そうやって、小さい頃から基本を大切にするように教え込まれてきたのだ。

教育大前駅に着き、自転車で近くのスーパーに寄った。

パスタにオリーブオイル、トマト缶、ナス、ベーコン、ニンニク、鷹の爪を購入。

家に帰り、早速、調理開始。

本に書かれているとおりに作る。

フライパンにオリーブオイルを入れ、ニンニクと鷹の爪を炒《いた》めて香りを出し、ベーコンとナスを入れて炒める。トマト缶を入れて煮、塩とコショウで味をととのえる。

あっさりとソースが出来上がった。

次はパスタを湯がいて、ソースにからめる。

そのときにふと思い出したのだ。ボケッと見ていた料理番組で、フランス人か、イタリア人のタレントがパスタを作っていて、そのコツをこんなふうに言っていた。

「パスタをゆでるときに、ちょっと多めに塩を入れます。『え、そんなに?』って思うくらい入れてください」

本には、「一リットルに対して大さじ一」と書いてあったが、計量スプーンなんてない。

僕なりに「え、そんなに？」と思うくらい塩を入れてパスタをゆでた。

本には、「切り口にポツンと芯が残るくらいのアルデンテがベスト」と書かれていたので、片時もコンロから離れず、何度もパスタをかじって確認した。

そうして、人生で初めて自分で作ったパスタが完成した。

うまかった。

ちょっと芯が残りすぎていたけれど、我ながらうまくいったと思う。

しかし、夜中に体調が変化した。やたらのどが渇くのだ。寝ていてものどが渇いて、何度も起きて水を飲んだ。

朝起きて、その理由をしばらく考えた。理由は一つしかない。パスタをゆでるために投入した塩である。

「え、そんなに？」は、パスタを作った経験がある人の「え、そんなに？」なのだ。パスタを作った経験のない僕の「え、そんなに？」の塩の量は、とんでもない量だったのだ。だけど、ゆで汁なので、食べられないほど辛くはならなかった。しかし、見えない塩分は、確実に体内に蓄積され、僕に水分を欲しがらせたのだと思う。

そこで、翌日も、つまり二日連続で、また同じアラビアータに挑戦することにした。

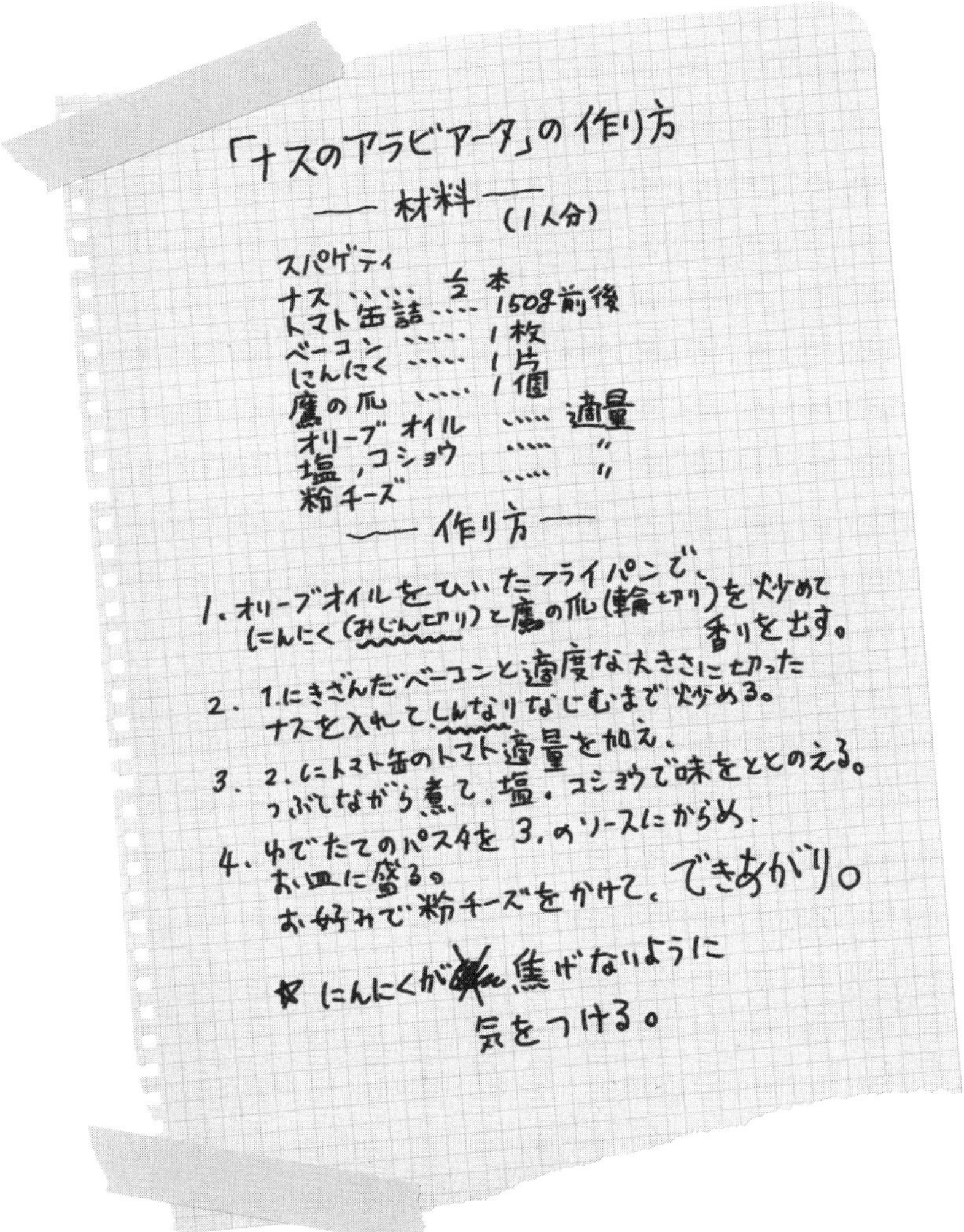

「ナスのアラビアータ」の作り方

―― 材料 ――
(1人分)

スパゲティ
ナス……½本
トマト缶詰……150g前後
ベーコン……1枚
にんにく……1片
鷹の爪……1個
オリーブオイル……適量
塩,コショウ……〃
粉チーズ……〃

―― 作り方 ――

1. オリーブオイルをひいたフライパンで、にんにく(みじん切り)と鷹の爪(輪切り)を炒めて香りを出す。
2. 1.にきざんだベーコンと適度な大きさに切ったナスを入れてしんなりなじむまで炒める。
3. 2.にトマト缶のトマト適量を加え、つぶしながら煮て、塩、コショウで味をととのえる。
4. ゆでたてのパスタを3.のソースにからめ、お皿に盛る。お好みで粉チーズをかけて、できあがり。

★にんにくが焦げないように気をつける。

昨日買ったベーコンもナスもニンニクも、鷹の爪も残っている。トマト缶も半分残っている。

なにしろ昨日のは、完全な失敗作だ。異様にのどが渇くパスタは、彼女には食べさせられない。しかも、一瞬、「うまい」なんてぬか喜びした自分が悔しい。

その日は、前の晩の砂漠のようなのどの渇きにビビり、すべての調味料が少なめになってしまった。

その結果、何かふぬけた味になった。

「パスタそのもの」「トマトそのもの」を食べている感じだ。結局、テーブルの上で塩とコショウをかけたら、おいしくなった。

そのときに分かった。

料理は足し算なんだ。引き算はできない。足りない塩は後でも加えることができるが、入れすぎてしまった塩は、取り戻せない。

その翌日、トマト缶を購入し、三度目のアラビアータに挑戦することにした。

前と同じようにアラビアータを作りながら、自分で大きな変化に気がついた。本を見なくても作れるのだ。初日、二日目は台所に本を持ち込んだ。初日は何度も何度も本を見ながら料理をした。二日目はほとんど見なかったけれど、一応、傍らには置いておいた。

三日目のその日は、手に取ることさえしなかった。

それでも、初日、二日目に比べて、断然おいしいアラビアータができた。これなら彼女に食べさせられるほどの出来だ。

続けること。

何事も、続ければ、ちゃんと身についていく。

9

久しぶりに台所に立って、改めて気がついたのは、料理しようと思ったら、料理できるほどの道具が一通り揃っていることだった。鍋もフライパンもまな板も包丁もボウルもザルも大根おろし器もピーラーも、冷蔵庫も電子レンジも炊飯器もトースターも。

一人暮らしを始めるとき、親と一緒に買い揃えたのだが、そのときは、買ってくれるのが当然だと思っていた。それを使っても使わなくても、自分の勝手だと思っていた。

フル活用したのは、コンビニ弁当を温める電子レンジと、ビールを冷やす冷蔵庫だけ。

こうした調理道具を買い揃えてくれた親の気持ちを想像して、ちょっとだけ、申し訳ない気持ちになった。

まぁ、いい。

これからフル活用するのだ。

さて、次は二ページ目。ミートソースである。定番中の定番。

挽《ひ》き肉、人参、タマネギを購入して調理。

アラビアータと異なるところは、ケチャップを加えることだ。そうすると、あの甘さのあるミートソースの感じになるのだ。なるほど。

ミートソースも同じように三日連続で作った。実は、初日からおいしくできたのであるが、実はまだこの先にとんでもないおいしさがあるんじゃないかと思って、三日間続けて作ってみたのだ。

味自体は、慎重に作った一日目がおいしかったかもしれない。しかし、本を見ないで作れるようになっていく過程が楽しかった。

三ページ目はナポリタン。

これくらいになると、ワントライでおいしいパスタが作れるようになり、次のページに進みたくなる。

四ページ目はエビとブロッコリーのトマトクリームパスタ。

しかし、問題が生じた。これまでは、ベーコン、人参、タマネギなど、材料がほとんど同じだったのだが、今回はエビと生クリームを買わなければならない。

エビは高い。生クリームは余ったら、何に使っていいか分からない。

そこで、ふと思いついた。

ブロッコリーだけを購入し、冷蔵庫に残っていたベーコンとタマネギで、アラビアータを作ってみることにした。一日目のおさらいである。

でも、それでは一ページ目から順に作っていくというルールに反する。

迷う。

しかし、やっぱり、エビなんかは買えない。

僕のその日の夕食は、ベーコンとタマネギとブロッコリーのアラビアータとなった。

実際に作ってみると、とてもうまかった。なにより、本のレシピに頼らず、自分で考えた料理が、ここまでおいしくできたことがうれしかった。

食べながら、思った。

一つのソースでも、いろんな野菜と、いろんな肉、魚介類を組み合わせたら、すごい種類のパスタができるんじゃないか？

しかも、いくつかのソースなら、無限大やん！

そのときに悟った。

料理は組み合わせである。

アイデアは組み合わせである。

その後は、エビとブロッコリーのトマトクリームパスタは飛ばして、確実にページを進めていった。

オイル系。例えばペペロンチーノ。トマトソースに慣れた僕には、これが簡単に感じた。ニンニク、鷹の爪、ベーコンをオリーブオイルで炒める。次に、トマト缶の代わりに、パスタのゆで汁を入れるだけなのだ。これでペペロンチーノである。

オイル系のパスタも何種類か作ってマスターしたら、次は和風系。実は、これも簡単だった。パスタのゆで汁に加え、めんつゆを入れるだけなのであった。

こうして僕は、ほぼ毎日、パスタを作り続けた。

二週間を過ぎた頃には、パスタの師匠である本は、部屋の隅にほったらかしだった。

もう本を見ることなく、スーパーの安い食材を買ったり、冷蔵庫に残っている食材を使い、トマト系かオイル系か和風系かを決めて、適当にパスタを作っていた。

三週間前とは比べものにならないほど、パスタ作りの腕は上達した。

「料理が苦手」という友達は多い。女の子の中にもいる。

三週間前の僕もそうだった。

今の僕からすれば「できない」のではなく、「やらない」からだと思う。

店を開くわけじゃないのだ。お金をもらって誰かに食べさせるわけではないのだ。自分が食べる料理を、自分がおいしいと思うように作る程度でいい。

その程度であれば、才能なんて関係ないだろう。努力すれば、誰でも到達できるレベルのはずだ。

僕を含め、「できない」ことを「やらない」ための理由にしているんだと思う。

たかがパスタ作りだけど、僕の中で「とりあえずやってみよう」精神が芽生えていた。

10

三週間、パスタを作り続けて、僕のパスタブームは終わった。

カルボナーラは一度も挑戦しなかった。

結局、彼女にパスタを食べさせることもなかった。


僕はフラれたのだ。

ある晩、電話をして、「次はいつ会おうか」と切り出したら、「もう会えない」と言う。

言いにくそうにしていたけど、理由を尋ね続けたら「サークルの先輩に付き合おうって言われた」と言う。

「直接会って、話したい」と言っても、「もう会えない」と言う。

頭が真っ白になって、それから先のことはよく覚えていない。

でも、一つだけ覚えているのは、「パスタ、めっちゃ練習したのに……」という言葉が頭に思い浮かんだ瞬間、涙があふれてきて、それ以上しゃべれなくなって、僕は受話器を置いた。

受話器を置いた後も、僕の頭には彼女のいつかの言葉がよみがえってきた。

「今日はね、私は、タカシ君の命の時間をいただいたんよ。それがいただけたのは、タカシ君が、時間を費やしてくれたからやけん。私は、それがすっごくうれしかった」

なら、僕のこの三週間の命は何だったんだろう。

いや、そもそも、僕は彼女と付き合ってさえいなかったのかもしれない。

そう思うことにした。


九教大は同棲率の高さで有名だった。

これも定年坂と同じで、誰がいつ言い出したのかは知らないけれど、「同棲率の高さは、東のT大、西の九教」と言われていた。「最近では、Y大も九教大に追いつきそうだ」なんてことも耳にした。その理由は「田舎すぎて、ほかにやることがないから、ヤルしかない」っていうことも、みんなが言っていた。でも、どこまでが真実で、どこまでが噂なのか、誰も知らないのも真実だ。

しかし、実際、同棲している先輩は結構いた。

僕はそういうのはキライだった。というか、他大学の女子学生と付き合うということにロマンを感じていた。そのほうが大学生らしいではないか。

そうしておかまバーで彼女の連絡先を聞き出し、デートまでこぎ着けたわけである。

だけど、下心の何も達成されずに、終わってしまった。

僕は彼女と付き合ってさえいなかったのだろう。

そりゃあ、いつでも会える、同じ大学の同じサークルの先輩のほうが、「付き合う」らしく付き合えるのは当然だ。

そう考えると、いつでも会える、というのはやっぱり大事なのだ。

僕にしたって、いつでも会えるような同じ大学の女の子のほうがいい。

いつも会っているほうが、下心も達成されやすい気がする。

そう考えれば、この展開で良かったのかもしれない。

いや、良かったのだ。

そう思うようにした。

こうして僕は、パスタを作る目標を失い、パスタブームが終わった。

ただ、悔しさとみじめさは、心のどこかにあった。

食を大切にする彼女が好きになったその先輩とやらが、絶対に作れないような料理を作ってやろうという、闘志がわき上がってきた。

料理ができれば、次の彼女を家に招きやすくなるし、なんて考えていた。

11

パスタブームを強制終了された僕には、新たなブームが必要だった。

そこで、自ら中華ブームをつくることにした。

「エビチリみたいな高級料理を、自分の手で作れたらスゴイ！」と思ったのだ。

パスタのときと同じように、本を買いに行って、中華料理を作り続けた。本格的な味には程遠いかもしれないけれど、中華スープの素、オイスターソース、豆板醤《とうばんじゃん》をうまく使えば、それっぽい味になることが分かった。

二週間続いた中華ブームの後は、和食ブームだ。「味の濃いパスタや中華は、味付けでおいしさが決まるけど、繊細な味の和食はどうやって作るのだろう？」と思ったのだ。

昔から「彼女に作ってもらいたいナンバーワン料理は『肉じゃが』」と相場が決まっている。「和食の奥深さを学ばなければ」と思ったのだ。

やっぱり、本を買って、和食を作り続けた。

カツオブシでダシを取ったりはできないけれど、粉末ダシの素や、液体の白ダシを活用する術を学んだ。めんつゆも使える。薄口醤油のほうが実は塩分が強く、煮物を黒くしないために使うなんてことを知ったのもこのときだ。

こうして次々と、ブームは過ぎ去っていったが、自炊は続けた。

自炊しながら、ある変化を感じたからである。

財布の中身が減らないのである。減るスピードが鈍くなったのである。

それまでは、朝食の朝定で三〇〇円、昼食のA定食で四〇〇円、夕食のコンビニ弁当とビールで五〇〇円と、千円札が毎日必ず財布から消えていた。

実家からの仕送りも、食費は一日一〇〇〇円と計算されていたこともあって、食費に一日一〇〇〇円使うのが当たり前になっていた。

しかし、今は違う。

パスタを作り始めて、朝食も作るようになった。トマトソースはちょっと多めに作っておく。寝る前に炊飯器を仕掛け、ご飯を炊いておく。朝起きて、ご飯に余ったパスタソースをかけて食べる。

それがないときは卵、カツオブシ、ゴマ、醤油の卵かけご飯。インスタントの味噌汁や、インスタントのコーンスープを添えれば、十分に腹いっぱいになる。

買い物に行って、米を五キロ買えば、一五〇〇円とか支払わなければならず、「わぁ〜高けぇ〜」とか思っていたけど、全然そんなことはない。

米が五キロあれば、相当にもつ。

試しに計算したことがある。ご飯一杯がいくらくらいなのか、をだ。

五キロで一五〇〇円だから、一キロが三〇〇円。お米一キロで、だいたい七合くらい炊ける。すると一合、四三円くらい。一合で茶碗二杯くらいだから、一杯なら二〇円ちょっとだ。二杯食べても四三円。

これは安い。

それを知ってから、学食で朝定を食べることはなくなった。

パスタだって、最初はオリーブオイルなどを買ったので、一日分以上の食費が飛んでしまったが、減価償却を考えれば、一食一〇〇円以下だ。

これは安い。

そうすると、一日の食費で確実にお金が出ていくのは、昼食のA定食で四〇〇円。

こうして、財布の中身が減るスピードが、明らかに鈍くなったのである。

そうすると、経済的に余裕が生まれ始めた。

それまでは、CDを無計画に買いすぎたりした月や、彼女とのデートでお金を使いすぎた場合は、仕送りまで残り一週間もあるのに財布の中には札がない、ということもあった。

そんなとき、友人は、友達から借りたり、親に泣きついたりしていたが、僕のプライドはそれを許さなかった。一日一食、学食のうどんだけで、数日間しのいだりしたこともある。

しかし、自炊を始めてからは、そんなことがなくなった。

通帳にも残高が生まれ始めた。

そうすると精神的な余裕が生まれ始めた。あといくらでどれだけ食っていこう、という悩みから解放された。カネがなくても冷蔵庫にあるもので作れる、という保証もある。

そして、お金を理由に、諦めたり、断ったりする機会がほとんどなくなった。前は、先輩や友人からの飲み会の誘いにも、お金が足りないことを理由に断ることがあったのだ。

当然、口では別の理由を並べたが。

そんな理由で、僕は自炊をやめなかった。

第二章

自炊男子の成長

——「出会い」で人生は飛躍する

12

その頃から、僕は変わったと思う。

まず、学食のおばちゃんたちへの見る目が変わった。何をどう作るかを、じっと見るようになった。

殺到する注文をテキパキとこなしていく手際は見ていて面白かった。スゴイと思った。

おばちゃんたちは何も変わっていない。変わったのは、自分で料理をするようになった自分だ。

そうして気づいたのだ。

学びは僕のまわりにいくつでも転がっている。それを学びにできるかどうかは、僕の意識次第でしかない。

それから、学食のおばちゃんたちのやっていることをずっと見ていたおかげで、僕はいつの間にか、親子丼を作れるようになっていた。

ある日、僕が学食でA定食を食べていたら、隣のテーブルに座っていた男子学生グループが騒いでいた。騒いでいるといっても、彼らからすれば、普通に話しているだけなのだろう。

だけど、あることを大げさに言ってみたり、大げさな表現をしてみたり、爆笑したりしていた。

こうやって、「僕たちは楽しいことを話している楽しい仲間なんです」感をまわりにアピールしているのだ。

僕の中にも、そんな感覚はある。

だけど、自分がしているのと、人がしているのを聞くのとは違う。その日の僕には、彼らの馬鹿話や笑い声がやたら耳についた。

話題は学食の話になった。彼らは、学食の味について、大げさな表現で競い始めた。

まわりを見渡すと、彼らの馬鹿騒ぎに対して、露骨に迷惑そうにしている学生はいなかったけれど、「楽しいことを話している楽しい仲間」として羨望《せんぼう》のまなざしを送る学生もいなかった。

おそらく、自分たちが考えている「どう見られているか」のイメージと、実際に「どう見られてるか」は相当ギャップがあるんだと思う。

「お前ら、カッコワリーよ」

「おばちゃんたちもねぇ、手間暇かけて作ってんだよ」

「そんなにイヤなら食わなければいいじゃん」

「お前らねぇ、料理できんの？　作れん人間が、そんなこと言うんじゃねぇよ」

彼らを罵倒《ばとう》する言葉は、いくつも思い浮かんだが、それを実際に言い放つほどの勇気はない。それらの言葉を、A定食と一緒に飲み込みながら食べ続けた。

不思議なことだけど、僕の心は、完全に学食のおばちゃんサイドだった。

食べ終えた僕は、食器の返却口に行って、食器を洗うための大きな水槽の中に食器を投入しながら、目の前にいたおばちゃんに「ごちそうさまでした。おいしかったです」と告げた。

なんか恥ずかしかったし、照れくさかった。だけど言った。

「あいつらとは同類になりたくない」と思ったのだ。

たぶん、声は小さかったと思う。大きな声で、笑顔で、フレンドリーには言えなかった。

おばちゃんは「ありがとうございました〜」と笑ってくれた。帽子とマスクに隠されて、目しか見えないけれど、その目ははっきりと笑っていた。

ちょっと前までは、僕も彼らと同じことを言っていた。

彼らのようにはひどくはなかったけど、確かに、同じことを感じ、実際に言葉として発していた。

イグチ先輩にそれを指摘され、イグチ先輩のほうが正しいと分かっていたのだけれど、言い負けたくなかった。人の言われたとおりにする、ということが悔しかったのだ。そして、意地になっていたのだった。

それが今日、「ごちそうさまでした。おいしかったです」と言えたことで、心の中にあった重い何かがスッと軽くなる気がした。

その日から僕は、必ず「ごちそうさまでした。おいしかったです」を言うようになった。いつからか、食券を売るおばちゃんにも、調理してくれるおばちゃんにも声をかけ、何か話すようになっていた。

いつの間にか僕はおばちゃんたちに顔を覚えられ、いつの間にか、サービスをしてもらえるようになった。

13

あの日「ごちそうさまでした。おいしかったです」と言えたこと。おばちゃんの笑顔。なんともいえない爽快感があった。

それから僕は、笑顔での挨拶を心がけるようになった。

それまでは、元気に笑顔で挨拶をするなんて、小学生みたいでカッコ悪いと思っていたのだ。

男は、寡黙で、眉間にしわを寄せているくらいがカッコいいと思っていたのだ。

間接照明の薄暗い部屋で、バーボンをロックで飲んで、ブルースを聴いてるのがカッコいいと思っていたのだ。

近寄りがたいイメージで「何考えているか分からないところが魅力的よね。キケンな香りがするよね」なんて言われたかったのだ。

カッコいい大人像を完全に取り違えていたのだと思う。

間接照明の薄暗い部屋で、バーボンをロックで飲んで、ブルースを聴いていてもいいのだが、笑顔の挨拶は重要だったのだ。

挨拶を心がけるようになったら、挨拶されるようになった。

笑顔でいたら、笑顔をもらえるようになった。

何考えているか分からないところが魅力的でキケンな香りがしていたときは、学食で一人で昼食を食べていても、誰も声をかけてくれなかった。だけど、笑顔での挨拶をするようになってからは、「隣いい？」って声をかけられ、誰かと一緒に昼食を食べる機会が増えた。

ふと、中学生のときに通っていた塾の先生の話を思い出した。当時三十代の、若くてカッコよくて優しい先生だった。

自分は自分の姿を知ることができません。
自分の姿は自分の目で見ることができないし、
自分で聞いている自分の声は、人が聞いている自分の声と全く違う声です。

僕は、「見れるよ。鏡で見れるやん」と反論した。昔から、挑戦的な態度で、ウケを狙ったり、目立ったりするのが好きだったのだ。

そうだね。
自分の姿を、鏡で見ることはできます。
でも、常に、鏡を持ち歩くことはできますか？
皆さんは、今、自分がどのような表情をしているか知っていますか？

僕は何も言えなかった。
先生は、いつもの優しい顔で続けた。

鏡を作ればいいんです。
その鏡は、あなたの目の前にいる人なんです。
あなたは常に「行動」をしています。挨拶も笑顔も、すべて行動です。
あなたにとっては行動なのですが、ほかの人にとっては違います。
それは「メッセージ」として受け止められるのです。
あなたが笑顔で挨拶する。
挨拶された人は、何らかのメッセージとして受け取るわけです。

そしてその人は、そのメッセージを受け取った上で行動します。
あなたは、それをメッセージとして受け取ります。
つまり、あなたが送ったメッセージが返ってくるわけです。
鏡のようなモノです。
だから、あなたがどんな表情をしているかは、
あなたの目の前にいる人の顔を見れば分かります。
あなたが発している言葉の意味は、
あなたの目の前にいる人が何を言っているかを聞けば分かります。
あなたの目の前にいる人は、あなたの鏡なのです。

先生の言葉がふと思い出された。

その意味が、今、よく分かった。

僕は、眉間にしわを寄せ、挨拶もしないという行動で、メッセージを送っていたのだ。

その結果が、誰も挨拶もしてくれない、近寄って来てもくれないキャンパスライフだった。

学食で騒いでいたあの男子学生グループも、確かにその行動でメッセージを送っていた。

僕はそれを受け取っていた。そのメッセージを受けて、僕は冷ややかな目で見ていたし、心の中で罵声を浴びせていた。

鏡なのである。

先生の話を思い出してから、僕は、「自分がうれしいことを人にしよう」「自分がしてほしいこと、されたいことを人にしよう」と心に決めた。

こんな大切なことを、僕は中学生のときに学んでいたのだ。

なんでこんな大切なことを忘れていたのだろう。

できなかったのだろう。

大切なことは、親が、先生が、先輩が、友達が、まわりの人たちがちゃんと教えてくれていたのだ。

それを聞いていない。聞いたとしても心で拒絶する。受け入れたとしてもやらない。やったとしても続けない。それはすべて自分がしてきたことだった。

いろんな言葉も教えも、僕の中に素直な心がなければ、それは単なる空気の振動にしか過ぎない。

素直な心を持つ。

そうすれば、音という空気の振動は心に届き、心も震える。そのときに初めて教えとなり、学びとなる。

14

僕は、当時、焼き鳥屋でアルバイトをしていた。

メインストリートを下った、一番端にある焼き鳥屋だ。「じょうやま」といい、九教大の後ろにそびえる山の名だ。

古くからある店で、店はいつもいっぱいだった。学生も多かったが、地元の人も多かった。

「学生ばかりが集まる店より、地元の人もいる店のほうがいい店」なんていう価値観が、僕たち学生のどこかにはあって、そこで働くことには僕なりのちょっとした誇りがあった。

店は、黒木さんという夫婦がやっていて、僕たちは、「大将」と「ミノリねぇさん」と呼んでいた。大将は焼き場に立って料理を担当し、ミノリねぇさんが接客を取り仕切った。

アルバイトは、僕のほかにも十名くらいいた。一日数名ずつがアルバイトに入り、ローテーションを組んだ。僕は、基本的に火曜日と木曜日の担当だった。

仕事は、開店準備をし、注文を取り、できた料理を運び、皿やコップを片付け、洗う。それから、飲み物を作ったり、大皿料理を取り分けたりした。まぁ、何でもしなければならなかったのだが、調理は絶対にさせてもらえなかった。

僕は、アルバイトの中ではまじめなほうだったと思う。遅刻もしなかったし、急に休んだりもしなかった。逆に、ほかのアルバイト生が急に休んだときに、「じょうやま」に駆けつけるということもあった。

だから、大将にもミノリねぇさんにも気に入られてはいたと思う。ただ、それだけだった。

「ただ、それだけ」というのはこういう理由だ。

店の常連さんの一人に、清水さんがいる。週に一度は必ずやって来る。仕事仲間とやって来ることもあったし、一人でやって来る場合も多かった。仕事仲間からは「親分」と呼ばれていて、僕たちも親分と呼んでいた。

親分は、閉店時間近くになると、学生アルバイト一人に「一杯どうね」と、ビール瓶を差し出す。「いただきます」と言って飲み干すと、「隣に座らんね」と、カウンターの隣に座らせられる。「ありがとうございます」と言いながら隣に座ると、「好きな焼き物、頼まんね」と、飲み物も食べ物もおごってくれるのだ。そして学生アルバイトは、焼酎を作ったり、親分の話を聞いたり、質問に答えたりする。

僕たちは、カウンターの奥から二番目の指定席を「親分の間」と呼んでいた。

ミノリねぇさんは、「飲むのも仕事、接客のうち」と言って、アルバイト時間中に、親分におごってもらうことをとがめたりはしなかった。親分も、十分にそれは分かっているようで、親分の間をオープンさせるのは、十一時の閉店時間の三十分前、十寺半以降だった。

ただ、閉店時間後も親分の間が続くと、ミノリねぇさんに、「もう閉店時間過ぎとるよ。はよ、帰らんね」と怒られて、名残惜しそうに帰って行く。それが、いつものパターンだった。

僕は一度も、親分の間に案内されたことはない。

いや、正確には、初めてアルバイトに入った日に、一度だけ指名された。しかし、その日は緊張していて、何が何だか分からなくて、よく覚えていない。そしてそれ以来、指名はない。

親分は、よく女の子のアルバイト生を指名した。

客が、少なくなっているとはいえ、アルバイト生が一人減るわけだ。そうすると、その分の仕事を、ほかのアルバイト生がかぶらなければならなくなる。

僕は、「女はいいよな」とか「そういう店じゃないっつーの」なんて思いながら、洗い場にたまった皿を洗い続けた。

だけど、自炊を始め、「いただきます」「ごちそうさま」と手を合わせ、挨拶をするようになってから、僕も指名されるようになった。

僕は、初めてゆっくり親分の話を聞いた。

親分は、近くで土建業を営んでいるということだった。小さいけれど、一応、社長なのだという。土木関係の仕事をしているということは、ミノリねぇさんや、ほかのアルバイト生から聞いていたけど、社長とは思ってもみなかった。

「イケベ、お前、俺が社長って聞いて、見る目が変わったろ？」

見透かされていて焦った。それに対して、「はい」と答えていいのか、「いいえ」と答えていいかも分からずに、さらに焦った。

「あんなぁ、肩書きで人を判断したらダメやぞ。その人が、何をやっているか、何を言ってるかをちゃんと見極めないけんぞ」

「はい……」

「俺はな、仕事上、いろんな人を見てるワケよ。若けぇアルバイトもいっぱいおる。九大の学生もたまに来るぞ。じゃあ、大学に行っとるけん、頭がいいけん、仕事ができるかっちゅーと、そうやないわけ」

「はい……。僕も自信がありません」

「大切なのは肩書きとか、学歴とか、所属とかやない」

「確かにそうだと思います」

「仕事ができん。すぐ辞める。ミスが多い。そういうヤツはすぐ分かる」

「どこを見れば分かるんですか？」

「いろいろある。遅刻をする。挨拶ができん。言葉遣いが悪い。先輩の言うことが聞けん。言い訳ばっかりする。道具を大切にせん。考えとらん」

先輩の言うことが聞けん、言い訳ばっかりする、という言葉を聞いて僕はドキリとした。

「考えとらんけん、次の行動ができん。言われたことしかせん。いろいろある。まぁ、ちょっと仕事させたら分かるんよ」

僕は、三分の一まで空いた親分の焼酎を作った。

「イケベはまだビールでいいんか？」

「ビールをいただきます」

親分は、思わぬことを言い始めた。

「イケベもそうやった。見たら分かる。仕事はまじめにやっとったと思うんよ。やけど、いらっしゃいませ、ありがとうございましたも、表面的。笑顔がない。動きにムダが多い。やることが雑。お客さんにも、ミノリねぇさんにも、感謝の気持ちが見られん」

「いや、感謝はしてますけど……」

「そりゃあ、全く感謝しとらんとは言わんよ。だけど、働きよんのやけん、金をもらって当然、とかいう気持ちがどこかにあるやろ？」

「あります……」

この人は、人の心が読めるんじゃないかと思うほど、ズバズバ言い当てられる。

「それがね、端々に出てくるんよ。笑顔がないとかね」

親分は、ずっと僕の働きぶりを見ていたのだ。

「でも、最近変わってきた。挨拶もよくするし、笑顔も増えた。『ありがとうございます』の言葉が増えた。お客さんに対してだけやない。ミノリねぇさんにも、ほかのバイト生にも、ちゃんと言いよる。まかないを食べるときも、しっかりと手を合わせとる。端々に出てきとる」

そこまで見られていたのか。

でも、自分のことを、そこまでしっかりと見てくれていたことに、胸が熱くなった。

「それだけやないぞ。動きにムダがなくなった。それはな、次の行動を考えながらしとる証《あか》しや。そうやって考えとると、次の一歩が早くなる。

ミノリねぇさんが、何か指示を出すやろ。それを聞いても、何も考えていないと、一歩目が遅れるワケやな。遅れたら、ほかの人がそれを先にやるワケや。考えとったら、その一歩が出だす。それが仕事ができるか、できんかの差になるんやな。

それが積み重ねられていくやろ。皿を下げるにしても、注文を取りにいくにしてもそう。次を考えながら動くと、全体の動きにムダがなくなって、美しくできだすワケや」

親分の話を、僕は本当に集中して聞いた。

こんな話を聞くのは初めてだった。肩書きじゃないとは言うけれど、やっぱり社長という立場、経験に裏打ちされた言葉は、一つ一つに説得力があった。

「美しい仕事ってな、カウンターをキレイに拭《ふ》くとか、そんなことやないぞ。例えば、この焼酎のグラスを、どこに置くか。相手の取りやすいところに置けるかどうか。焼酎のボトルとお湯をどこに置いておくか。自分が作りやすいように配置できてるかどうか。それができんとな、動きがバタバタして、美しくないワケ」

焼酎の作り方一つで、ここまで人を見抜けるとは。

「俺は、美しい仕事をする人が好きなんよ。だけん、今まではイケベを呼ばんかったんよ。でも、変わったのが分かったけんね。ところで、何で、そんなに変わったんか？」

挨拶は心がけているけど、そのほかの部分で、僕は自分自身が変わったとは実感できなかったし、当然、その理由も分からなかった。

だから、思いつくままに、口からあふれ出ることをしゃべった。

起承転結も、オチもない話だったけど、僕は一生懸命に話した。これまで経験した悔しかったこと。悲しかったこと。彼女から聞いた話。いろいろだ。

親分に聞いてほしくなったのだ。人を見る目があるこの人に、僕の話を聞いてもらいたくなったのだ。認めてもらいたくなったのだ。

「そうかぁ」と、親分は焼酎を飲んだ。

僕の話がどこまで伝わったのかは分からない。

「まぁ、いろいろあるワケやな。それからな、イケベ。ミノリねぇさん喜んどったぞ。イケベ君が、最近変わったって。この前、飲みに来たら、ミノリねぇさんが言いよった」

ミノリねぇさんが、そういう目で僕を見てくれていたなんて、夢にも思っていなかった。

誰かが見ているのだ。

ちゃんと誰かが見てくれているのだ。

ふと、ミノリねぇさんがいる方向に目をやると、親分と飲んでいる僕を見て、ミノリねぇさんが笑っていた。

15

親分の間に招待された翌日。

僕は夕食を作っていた。メニューは中華丼。

豚肉といくつかの野菜を適当に炒《いた》め、水を入れて、中華スープの素と塩コショウで味をととのえ、最後に水溶き片栗粉でとろみをつける。

料理をしていなかった頃は、とろみをつけるなんてプロにしかできない技だと思っていたのだが、何のことはない。水溶き片栗粉を入れればいいだけだ。

僕は中華丼を作りながら、ずっと、親分の話を思い出していた。

僕は変わったのか。どこが変わったのか。

その答えに、材料を煮ている間に気がついた。その間、僕は、ボウル、まな板、包丁を洗っていた。

僕は、料理を通じて成長できたのだ。

もうどんな料理でも、本を見ながら料理するということがなくなった。初めて挑戦する料理でも、事前に、読む。暗記するというよりは、頭の中でシミュレーションするのだ。最初はこれをやる。あれはどこにある。これをやっている間にこれをする。

そんな具合だ。そうすると身体が動く。

そして、いろんなことが見えてくるのだ。このザルは事前にここにおいて置いたほうがいいとか、この調味料を補充しとかなきゃ、とかだ。

そして、いつの間にか、そのシミュレーションの時間も短くなっていく。

それは、料理のコツがつかめてきたからできた、ということもあるだろう。

いや。料理のコツをつかむとは、そういうことなのかもしれない。

ただ、料理をしてイヤになることが一つあった。

後片付けだ。

せっかくおいしい料理ができて、それを食べて満足しても、大量の洗い物をしなければならない。フライパンに鍋。ボウルに、網ザル。フライ返しとか、菜箸《さいばし》。箸に皿に。一人暮らし用の狭いキッチンには、何から手をつけていいのか分からないほど、洗い物が積み上げられることになる。

彼女を初めてウチに招いたときもそうだ。彼女が皿洗いをしてくれたのだが、あまりに雑然とした台所に通すのが恥ずかしかった。

僕は、料理をしながら片付ける方法を考え始めた。

意識して工夫し始めると、結構、改善できる。

基本は、作りながら洗うことだ。

焼いている間、煮ている間に、使い終えたものを洗ってしまう。強火で調理したほうがいいものだって、あえて少し火力を弱め、洗い物の時間を確保する。

洗い物を減らすという工夫もできる。

例えば、食材を切る順番によって、洗い物の量は変わってくる。最初に肉を切って、次に野菜を切ると、野菜を切る前に一度、包丁やまな板を洗わなければならない。だって、肉を切った包丁でタマネギを切って、その半分だけを使う場合、残りの半分にも肉の成分が付着していることになる。それは、直感的にダメだと分かる。だから、切るのは野菜が先で、肉は後のほうがいい。

シンクに洗い物を入れる際、すべて一緒にしてしまうと、すべてを洗剤で洗い、すべてを水ですすがなければならなくなるが、水洗いで済む物を分けておけば、手間は省ける。

こんな工夫を挙げ始めればキリがない。

ただ最初は、工夫する余裕がなかった。切るのに必死だった。焦げないかどうか、ちゃんと焼けたかどうか、確認するために目が離せなかった。

しかし、慣れてくると違う。切りながら、次の作業のことを考えているのだ。焼きながら、煮ながら、別の作業にとりかかっているのだ。

自炊を始めてから一カ月くらいすると、調理時間はずいぶん短くなったし、料理が出来上がる頃には、洗い物がほとんど片付いているくらいまでできるようになった。

親分が言っていたことはこういうことなのだろうか。

今度、親分の間に招待されたときは、この話をしてみよう。

16

後期のテストが終わった。

相変わらず僕はノートのコピーを集めまくった。

当然、あの彼女はノートを貸してくれなかった。

単位はいくつか落としてしまったけれど、そう問題じゃない。必修科目の単位はゲットできた。

春休みは寂しかった。

バイトはあった。でも、大学での人間関係が充実していった分、一人の時間の多さを身にしみて感じた。

だけど、今さら、サークルに入る気もしないし、旅をする気も起きない。実家には帰りたくない。

CDを聴いたり、テレビを見たりして、ダラダラと過ごす時間が増えた。

だけど、自炊だけは続けた。自炊とバイトだけが、ダラダラ生活の唯一のハリだった。

こうして僕はいつの間にか大学の二年生になった。

四月。キャンパスは一気に華やかになる。キャンパスは初々しい一年生と、それを狙うサークルや部活の勧誘、立て看板、ポスター、チラシであふれる。

小学校、中学校、高校のときは、学年が一つ上がるというのは一大イベントだった。クラス替えがあり、担任が替わり、教科書が新しくなる。そこには、変化と新しさが毎年あったが、大学生活ではそんなことはない。

華やかなのは華やかなのだが、サークルや部活をやっていない僕には、無関係の華やかさだった。

唯一、大きく変わったとすれば、学科のコンパで飲ませられる立場でなくなったことだ。その役目は、当然、新入生が担うことになる。言い換えれば、僕は、飲ませる立場になれたのだ。

しかし、僕はそれをしなかった。

そんな僕に対して「文化」「伝統」という言葉を使って、飲ませることを強要する先輩もいた。その先輩が言うには、「そうやって上下関係が形成され、先輩との接し方を学ぶ。

飲み方を学ぶ。社会に出る前の大切なトレーニング」なのだという。

その理屈は分からなくもない。

でも、僕はもう、自分がされてイヤなことは、人にしないと決めたのだ。何杯も一気し、吐くまで飲まなくても、上下関係も、先輩との付き合い方も、飲み方も、学べるはずだ。誰かがイヤな思いをするような伝統や文化なら、なくていいと思う。

以前の僕なら、その先輩にムキになって反論し、自らの考えを主張したはずだ。しかし、その先輩だって、後輩の僕にそんな反論をされたらうれしくないだろう。

僕は、「勉強になります。ありがとうございます」とビールを一気した。先輩は、それを見届けて席を立ち、新一年生の隣に座った。

自分の背中を、後輩に見せればいい。それを見て、後輩がどう判断するかだ。酒が好きな人は、同じように一気すればいいし、酒が嫌いな人、弱い人はしなくてもいい。

僕は自分の考えに従って行動する。それを後輩が見て、自分で考え、その考えに従って行動すればいい。

知らないうちに刷り込まれたり強制された価値観、間違った価値観を基に、何も考えずに何の疑いもなく行動してきた今までを、すごく損をしたと思うのだ。

この一年で学んだことの一つはそれだ。

僕は、新歓コンパで隣に座った新一年生のオガワ君に、そんなことを語った。

多分、偉そうに語った。酒に酔っていたことに加え、後輩ができたことがやっぱりうれしかったのだと思う。

オガワ君は、「さすがですね。大学生って、考え方が大人だと思います」なんてことを言い、強制はしないのに、一気を続けた。

そしてオガワ君は、一次会の途中ですぐに潰《つぶ》れた。

サクラさんに、「オガワ君のこと、お願いね」と言われ、僕は二次会会場のカラオケボックスまで、彼に肩を貸した。隣に座っていたから、という理由だった。そして二次会終了後には、僕のアパートに泊めるハメになった。オガワ君のアパートの場所は誰も知らなかったし、当人は、完全に酔い潰れていたのだ。

先輩と二人がかりで僕の部屋に担ぎ込んだ。先輩は、誰かのウチで行われている三次会にすぐに戻っていった。

コタツに寝かせ、「水いるか?」とか「寒くない?」とか聞くけど、何を聞いてもオガワ君は「大丈夫ッす、申し訳ないッす」としか答えず、そのまま彼はコタツで、僕はベッ

ド で寝た。

朝の六時前に、ふと目が覚めた。僕もかなり酒を飲んだのだけれど、深層心理として、オガワ君を心配する気持ちがあったんだろう。急性アルコール中毒になったらどうする、なんてことを、寝る間際まで考えていたからだろう。コタツを見ると彼がいない。探すまでもなく、彼はトイレにいた。

多分、気持ち悪くなって目を覚まし、トイレを探したが、知らない家なのでなかなか見つからず、やっと見つけて、小便座をあげようとしたくらいのタイミングで吐いてしまったのだろう。必死に拭いた形跡はあるが、嘔吐物の残骸《ざんがい》が残っている。なにより、トイレが、アルコールと酸っぱい臭《にお》いでいっぱいだ。

その臭いで、僕も吐きそうになった。

それから一時間、オガワ君はトイレから出なかった。水を飲ましても、すぐにそれを吐く、ということを繰り返した。僕は、水を持っていったり、お湯につけて絞ったタオルを持っていったりと、思いつく限りの介抱をした。

僕もトイレに行きたかったのだけれど、彼をトイレから引きずり出すわけにはいかなかったので「ちょっとポカリ買ってくるわ」と言い残し、コンビニに行ってトイレを借り、ポカリを買って、オガワ君に飲ませた。

「吐いてるときは、イオンとか、ミネラルとか摂取したほうがいい」とか、どこかで聞いたことがあるか、ないようなことを言った。

オガワ君は目に涙を浮かべながら、「申し訳ないッす」と言いながら、ポカリを飲んだ。そして吐き、また、ポカリを飲んで吐いていた。そんな状態なのに、彼は、トイレの掃除をしようとしていた。

それからしばらくして、オガワ君は「迷惑かけました。本当に申し訳ないです」と言い残して、何度も振り返って、頭を下げながら帰って行った。

僕は「また飲もうや」と言って、彼を見送った。そりゃあ、オガワ君が帰った後も掃除をしたりして大変だったけど、迷惑とは思わなかった。苦楽をともにした仲間、同じ試練を乗り越えた同志という感じだ。

その日、僕は一限目の授業を休み、二限目に間に合うように大学に出かけ、学食で昼食を食べた。オガワ君はいないかと学食を探したが、姿はなかった。だいたいコンパの次の日は、欠席率が異常に高くなる。僕はなんとか大学に行ったが、二日酔いと睡眠不足で、ずっと机に突っ伏していた。

三限目、四限目もそうして過ごし、帰宅した。

しばらくベッドで横になり、テレビを見ながら、夕食を何にするか考えているときに、チャイムが鳴った。

ドアを開けると、オガワ君だった。

トイレを汚してしまったから、トイレ掃除に来たという。手には、缶ビールが二本入ったコンビニの袋を持っていた。

掃除は終わったからと断っても、何かできることがないかと聞いてくる。

じゃあ、一緒に飯でも食おうかということになった。そうすれば、料理の腕前を披露できる。で、その皿洗いでもしてもらえば、オガワ君の気も済むだろう。

「何が食べたい？」と聞くと、「何でもいいです」と答える。

おしゃれなパスタを、男二人で食べるのも気持ち悪い。

冷蔵庫にはあまり食材がなかったので、一緒に買い出しに行くことも考えたが、時間が遅くなるし、ホモ説が流れてもいけない。

野菜は、キャベツとタマネギしかなかった。

僕は、ご飯を三合仕掛けた。冷凍庫にあった鶏の胸肉を解凍し、その間に、タマネギとキャベツを刻む。小さな鍋に水とダシの素を入れ、切ったタマネギとキャベツの半分を投入し、煮る。これで最後に味噌を溶けば、立派な味噌汁だ。インスタントの味噌汁もあったが、やっぱり、人に食べさせるには手作りがいい。

解凍した鶏の胸肉を切り、タマネギと一緒にフライパンで炒める。砂糖、料理酒、醤油を入れて、煮る。最後にキャベツを入れ、シャキシャキ感が残るくらいで、卵を投入。

これをご飯にかければ、オリジナル親子丼の完成である。普通は、炒めたり、キャベツを入れたりはしないが、炒めたのはタマネギの甘みを出すため。キャベツを入れたのは、野菜を少しでも食べたほうがいいという親心ならぬ先輩心であり、食感の差がうまいはずだ。

最近は、適当にアレンジして作ることができるようになった。

「何か手伝いますよ」とオガワ君は言うが、狭い台所は、二人で料理する余裕はない。女の子となら、狭い台所で、肩を寄せあって料理するのは大歓迎だが、男同士は遠慮したい。

そして、自分の段取りがあるから、一人でやったほうが早いのだ。

「テレビでもマンガでも見とって」と言ったが、オガワ君は、居心地が悪そうに、立ってこちらをじっと眺めていた。

ご飯が炊き上がった時点で、オリジナル親子丼と、味噌汁の完成。

オガワ君は「昨日は飲みすぎました。すごく反省してます。イケベ先輩、反省会しましょう」と、冷蔵庫から自分の持ってきたビールを取り出してきた。

あきれながらも、思わず笑ってしまい、そのビールで乾杯した。

限られた材料で、二品を作れたことに満足だったし、我ながら味も良かったと思う。

オガワ君は、終始、「うまいですねぇ」「すごいっす」「感動〜」とか言いながら、猛烈な勢いで食べた。「遠慮せずにおかわりしていいよ」と言うと、彼は二杯もおかわりした。どんぶり三杯である。僕は、彼がもっと食べるといけないと思い、おかわりはしなかった。

ご飯が残れば明日の朝ご飯に、なんて思っていたが、炊飯ジャーは空になった。だけど、そうして喜んで食べてくれることが、心からうれしかった。

オガワ君が僕の家のトイレで吐き続けた事件は、学科内で、しばらく笑いのネタになった。

僕が言ったわけではない。

オガワ君が自ら、自分がやったことを、おもしろおかしく言いふらしたのだ。自分がどんなにヒドイ状態で、イケベ先輩がどんなに優しかったか。しかも、夕方、掃除に行ったら、夕食を作ってくれた、という言い方で。

こいつ、スゲーな。

僕が一年生のときは、先輩に迷惑をかけられない、という一心だった。

でもオガワ君は、迷惑をかけることを恐れていない。

実際に先輩になってみると、僕が迷惑だと考えていたことは、全然、迷惑じゃなかった。

むしろ先輩として、頼られ、慕われ、うれしかったりした。

もし、迷惑をかけたとしても、それ以上に恩返しをしようというのがオガワ君だ。しかも、恩返しの仕方もいろいろある。ビールを持って来るとか、トイレの掃除をするとか、そんな直接的な方法もあるだろうし、自分がどんなに迷惑をかけ僕にどれだけお世話になったかをみんなに言って回る、つまり僕の株を上げるという間接的な方法もある。

そんな、相手が喜ぶような方法を、いろいろと考えることができるのがオガワ君だった。

だからかわいがられるのだ。

こいつ、スゲー。

年下の人間に尊敬の念を抱いたのは初めてだった。

こんなことがあって、僕は、後輩思いの先輩という位置づけとなり、後輩の何人かは、僕のことをすごく慕ってくれた。当然、その筆頭はオガワ君だ。

何人かの先輩にもかわいがられるようになった。

「じょうやま」でのバイトも楽しかった。大将とミノリねぇさんからは、頼りにされるようになった。親分は、よく僕を親分の間に招いてくれた。休みの日には、バイト仲間と「じょうやま」で飲んだりした。

一年前とは大違いだ。

そんな感じで、僕をとりまく人間関係は大きく変化し、僕の大学生活は、すごく楽しいものとなった。

だからといって、すべての面で充実していたかというとそんなことはない。

相変わらず、大学の授業は面白くなかった。

大学の授業は本当に面白くなかった。九十分、顔を上げずに教科書を読み続ける先生もいた。黒板に書いている字が、解読できない先生もいた。マイクを通しても、聞き取れないような声の先生もいた。小学校、中学校、高校のときにいたような、授業が面白い先生は、ここには一人もいなかった。

九教大は、未来の学校の先生を養成する大学であるにもかかわらずだ。

そんな授業を受け続けるのは苦痛でしかない。そうすると、僕を含め、学生は授業の選び方のコツを身につける。

「出席をとらない授業」「テストでなくレポートの授業」である。こんな授業は完璧だ。授業に出なくても、単位がもらえる。そんな授業を、事前に先輩から聞き出しておくのだ。

国立大学の授業料は、半期で三〇万、一年で六〇万。それは大学の授業を受ける権利を得るためなのであるが、僕たちはその授業を自ら拒否するのである。だけど、単位だけは欲しい。教養も、専門知識も身についていないのに単位だけは欲しい。

だからこんな授業の選び方をする。

つまり、単位をお金で買っているだけに過ぎないのが実情だ。

だけど、当時の僕にはそれが当たり前だったし、僕の友人も、先輩もみんなそうやって授業を選び、単位を取っていた。

二年の前期に、教養科目の一つとして「ボランティア実践入門」という授業を選択することにした。

「ボランティア実践入門」は、いろんな先生がオムニバス形式で授業を行うという。先生によっては、出席をとらない。単位の要件は、受講後、夏休みに何らかのボランティアに参加し、レポートを書くこと。

完璧な授業だ。

そんな不純な動機で受講した授業だったが、この「ボランティア実践入門」は、僕が大学に入って、初めて面白いと思えた授業だった。

18

ボランティア実践入門では、国際協力活動をやっている人、子育て支援活動をやっている人、いろんな活動をしている人が、毎週日替わりで講義を行った。

現場で活躍している人の話は、すごく新鮮で、具体的で、リアリティがあって、面白かった。

十一回目のボランティア実践入門でその先生はやって来た。六月下旬のことだ。

その先生は、福岡市立大学の農学部の先生だった。

キタガワ先生といった。三十歳と若い先生で、助手なのだという。

僕は、九教大で助手という先生を見たことがなかった。

助手というと、博士にくっついて卓球をやっているイメージだ。テレビで見たとんねるずのコントだ。僕の人生の中で助手を見たのは、それくらいだった。

ちなみに、その助手のキタガワ先生も博士なのだそうだ。ドクターともいうのだそうだ。ドクターというとお医者さんのイメージ。博士はすごく偉くて、助手はその子分、というイメージを持っていたが、それは誤りだという。

大学院の博士課程を修了すれば、皆、博士、ドクターなのだという。医学博士だけでなく、工学博士だって、法学博士だって、文学博士だってある。キタガワ先生は農学博士。

そして大学では、教授、助教授、助手という職位があって、教授が親分で、助手は子分。

「僕は助手になりたてだから超下っ端だよ」とキタガワ先生は笑った。

キタガワ先生は自己紹介を続けた。

キタガワ先生は、福岡市立大学の先生をしながら、土日は、環境保全ボランティア活動をやっているのだという。どんな活動をしているのかといえば、山に入って竹を伐採したり、農家と一緒に農業体験イベントなどをやっているのだという。

僕は、なぜ山に入って竹を伐採したり、農家と一緒に農業体験イベントをすることが、環境保全ボランティアになるのか不思議に思い、質問してみた。

よく考えれば、大学に入って一年以上過ぎたけれど、質問するなんて、これが初めてだった。

キタガワ先生の語り口は、情熱的で、親しみやすく、なぜか引き込まれ、どうしても質問したくなったのだ。

「いい質問だね」とキタガワ先生は笑って、こう続けた。

「この山を見てごらん」と、窓から見える城山《じょうやま》の森を指さした。

「すごい緑いっぱいで、自然豊かに見えるかもしれないけど、竹が多いでしょ。今、竹がどんどんと広がっている。もともと杉や檜《ひのき》を植えていた針葉樹林にも、雑木林にも、竹が侵入していってる。竹ってね、すごく繁殖力が強くて、針葉樹や雑木が枯れていくんだ」

「竹でも同じ木だからいいんじゃないんですか？」

「それもいい質問だね。竹が密生すると、森は、真っ暗になる。そうすると光が届かないから、草が生えないし、花も咲かない。花が咲かなければ、虫がこないし、鳥もやってこない。竹だけの、真っ暗な、単調な森になってしまうんだ。多様性が大事なんだよ。たくさんの草が生えて、いろんな花が咲く。多くの虫や鳥がいる。生き物がいる。一つの山でも、針葉樹林があって、雑木林がある。当然、竹林もあっていい。その多様性が大事なんだ。

だけど、今、どんどんと竹林だけが広がっていっている。多様性が失われているんだ」

「なぜ竹林だけが広がっていってるんでしょうか？」

「素晴らしい問題意識だね。自己紹介のつもりだったけど、私が話す予定だった内容に入っていってるから、このまま続けよう。君は、名前はなんていうの？」

「イケベタカシです」

「イケベ君、今の調子でどんどんと質問してくれるかな。それに、私が答えることで、皆さんの疑問や知りたいことに応えることができる授業になると思うんだ。ほかの人も、遠慮せずに、どんどん質問してね」

不思議な授業だった。学生が質問して、先生がそれに答える。ただ、それだけなのだけれど、とても面白かった。なにより、授業が進むうちに、なぜか自信があふれてくるのだ。

それは、先生が「いい質問だね」って言ってくることもある。なにより、どんなに稚拙な質問にも、先生は丁寧に一生懸命答えてくれるのだ。

ちょっとトンチンカンな質問をしても「もしかしたら、それはこういうことかな？」って、すごく前向きに解釈してくれて、それをまた丁寧に答えてくれる。

僕たちの質問を、僕たちの存在を、すごく大切にしてくれているって気がするのだ。

いつの間にか、僕だけじゃなくて、多くの学生が手を挙げるようになっていた。まるで小学校の授業みたいで、それがすごく楽しかった。

「そうだった。なぜ竹林だけが広がっていくのか、という質問だったね。

昔は、竹は生活になくてはならないものだった。あらゆる生活用具を竹で作っていたんだ。だから、昔は、家の近くに必ず竹林があった。山も計算されて作られていてね。谷の部分には針葉樹林、尾根の部分には広葉樹林とか、いろいろと計算されていたんだ。木によって、必要な水分とか栄養分とかが違うからね。

じゃあ、今、あなたが使っている竹製品って何がある？」

僕の隣に座っていた女子学生に笑いかけた。

「え〜と……、思いつきません」

「でしょう。今はなんでもプラスチックだったり、金属とかで作られてる。わざわざ竹を切ってきて、それで道具を作るなんてしなくなった。だから、竹林が管理されなくなって、どんどんと広がっているんだ。そういう環境問題が身近にたくさんあるんだよ」

僕は、環境問題というと、大気汚染とか、水質汚濁とか、公害病とか、そんなことだと思っていた。高校まで、そう習っていたからだ。

しかし、自分の身近にそんな環境問題があり、実は、その原因が、僕が普段使っているプラスチック製品に起因しているなんて、思ってもいなかった。

衝撃だった。知らないことの怖さを知った。

「じゃあ、農業体験イベントをやることが、なぜ環境保全になるんですか？」

最前列に座っていた女子学生が質問した。

「ありがとう。その質問を待ってたんだ。じゃあ、君に質問しよう」

「日本に農業は必要だと思うかい？」

「必要だと思います」

「なぜ？」

「食べ物を生産しているからです」

「ほかの人はどう思う。みんなに聞いてみようか。日本に農業が必要だと思う人、手を挙げて。じゃあ、必要ないと思う人」

四十人くらいいた学生のうち、ほとんどが「必要」に手を挙げ、「必要ない」に手を挙げたのは、五人だった。僕は「必要」に手を挙げた。

キタガワ先生は、五人のうちの一人に「なぜ必要ないと思うの？」と聞いた。

「日本は加工貿易の国として発展してきました。それから、日本の農業は、すごく面積が狭くて、アメリカに比べて何倍もコストがかかります。であれば、安い農産物や原材料を輸入し、それを加工して工業製品とか自動車を輸出したほうがいいんだと思います」

「そうだよねぇ。それを経済学では、国際分業といったり、その基になる考え方を、リカードの比較生産費説っていうんだけど、そんなことはどうでもいいや。大切なのは考え方だから」

「イケベ君は、必要に手を挙げたよね。どうして？」

いきなりフラれて、僕は焦った。ノートに「国際分業」「リカード」まで書きかけて、「そんなことはどうでもいいや」って言われて、「どうでもいいの!?」って戸惑っている最中だった。

そんな専門用語を覚えていくことが勉強だと思っていたからだ。

そんなときに、いきなりフラれて焦ったけれど、頭に思い浮かんでいた考えを素直に答えた。

「もし、外国から輸入できなくなったら困るからです」

「そうだよねぇ。戦争が起きたり、干ばつが起きたりして、輸出してくれなくなったら大変だよねぇ。そういうのを食料安全保障っていうんだけど、そんな言葉はどうでもいいや。じゃあ、イケベ君、どこかの国が、絶対に輸出してくれるって約束してくれたら、日本の農業はなくなっていい？」

むむ。いつの間にか、僕が質問されている立場になっている。しかも、追い詰められるような質問だ。

「外国の農産物は、新鮮じゃないし、おいしくないし、農薬をすごく使っているんじゃないでしょうか」

「じゃあ、新鮮で、おいしくて、安全で、しかも安かったらどう？ みんなはどう思う？」

教室は静かだった。ほかの授業のように、聞いていなかったり、寝ていたりする静けさではなく、本気で考えている静けさだった。

「僕はこう考えています」

にこやかなキタガワ先生が、少しまじめな顔になって続けた。

「もし、新鮮で、おいしくて、安全で、安い農産物が輸入できたとしても、絶対に、日本に農業は必要だと思う。だって、風景や生き物は絶対に輸入できないからです。この宗像《むなかた》市に広がる美しい田んぼの風景も、カエルも、メダカもすべて農業が生み出しています。四季にしてもそうです。農業がなくても、春夏秋冬は訪れると思うかもしれませんが、五月になれば蛍が舞い、夏の赤とんぼの群れ、田んぼの上を駆け抜ける涼しい風も、秋の稲刈りの風景も、すべて農業が生み出しています。餅つき、花見、そんな文化もすべて農業が育んだ文化です。

そんなものがなくなったとして、季節を感じることができるでしょうか」

農業は、農産物だけでなく、風景も、生き物も、季節、風、文化、いろんなものを生み出している。

僕はそんなこと、考えたことがなかった。

「外国から安い農産物が輸入される。消費者がそれを買う。そうすれば、日本の農業は衰退していくでしょう。そうすれば、未来に、今ある風景、生き物、季節、風、文化を残せないということです。

僕はそれらを大切にしたい。いつか生まれる僕の子どもにも、それらを見せてあげたい。あ、まだ結婚もしてないんだけどね」

と、キタガワ先生は、笑った。

「だから、農業体験イベントとかを企画して、多くの人に農業の大切さを実感してほしいと思っているんです」

なんてカッコいいんだと思った。なんてカッコいい考え方で、なんてカッコいいことをやってるんだろう。

カッコいい大人を見つけてしまった！

19

「みんな、農業を守らなきゃ、って思い始めたでしょ？」

キタガワ先生の問いかけに、多くの学生がうなずく。

「だけど、農業を守るためには、食生活を見直さなきゃね」

キタガワ先生は、Ａ４サイズの白紙を配りながら僕たちにこう指示をした。

「この三食、どこで、何を食べたか書き出してください。この三食というと、今日が六月二十八日だから、二十八日の朝食、二十七日の夕食、二十七日の昼食ということです」

僕は思い出しながら書いた。

結果はこうだった。

（二十八日朝食）――自宅でご飯、ソーセージ、インスタント味噌汁
（二十七日夕食）――自宅でソーセージとタマネギのペペロンチーノ
（二十七日昼食）――学食でＡ定食（ご飯、味噌汁、唐揚げ、キャベツのサラダ、ホウレンソウのおひたし）

キタガワ先生は、「じゃあ、それを隣の人と見せ合ってください」と次の指示を出した。

「恥ずかしいなぁ」と思いながらも、僕は隣の女の子と見せ合った。

しかし、実際に僕以上に恥ずかしがっていたのは、彼女のほうだった。

彼女の三食はこうだった。

（二十八日朝食）――ゼリー
（二十七日夕食）――自宅でうまかっちゃん
（二十七日昼食）――学食でうどん

彼女は、「朝ご飯と、昨日の夕ご飯、自分で作ったの？」と聞いてきた。

「うん」と答えると、「すご～い」と言われた。

やっぱり自炊っていい。料理ができるとモテるのかもしれない。

「私、全然、料理してない」と言う彼女。なんて答えていいか分からず、「うまかっちゃん作ってるやん」と、慰めの言葉をかけたら、「インスタントラーメンとか作ったうちに入らんよ。恥ずかしぃ～」との答えが返ってきた。

僕もそう思うが、そうは言えないじゃないか。

キタガワ先生は、見て回りながら、学生が何を話しているかにも耳を傾けていた。

「じゃあ、この列の人、前から順に、三食食べたものを発表して」

カレー、ラーメン、食べてない、コンビニ弁当、カップラーメン、ファストフードのオンパレードだった。

「いいかい」

キタガワ先生は机に手をつき、身を乗り出すようにして、僕たちに語る。

「みんながそんな食生活を送っていたら、日本の農業は衰退して当然だと思う。お米は食べてない。野菜を食べていない。自炊していない。そんなんじゃあ、日本の農業はボロボロになるよ。

しかし、今までは知らなかったので、仕方がないとしよう。しかし、今からはもう知ったわけだ。農業は大切なんだって考えたはず。頭で分かってて、口でそんなコト言ってるのに、行動が伴わないヤツは、私はサイテーだと思う。何も知らないヤツよりタチが悪い。ボランティアも大事だと思う。だけど、自分のことさえ、自分の食さえしっかりしていないヤツは、ボランティアなんか十年早い」

今までにない、強い口調に背筋が伸びた。

時計をふと見ると、十一時四十五分。あと五分で、この授業は終わってしまう。これまでの八十五分は一瞬に過ぎ去ってしまった。もっと話が聞きたい。大学の授業でも、こんなに面白い授業があるのだ。

キタガワ先生は、また、にこやかな顔に戻った。

「最後に、二つ大切な話をします。米や野菜を作るのに使われる農薬についてどう思いますか？　イケべ君、どう思う？」

おかしなことだけど、指名されることがとてもうれしかった。

「使わないほうがいいと思います。害虫を殺すわけだから、農薬とはいいながら、毒だという話を聞いたことがあります。そんな毒をまけば、環境にもよくないし、もし食べ物に残っていたりしたら、食べている人にも影響があるはずです」

我ながら、うまく答えることができたと思う。

「そうだね。だけど僕は、残留農薬なんて、あまり気にしなくていいと思うんだ」

意外な一言だった。環境を大切にしているキタガワ先生だから、まさか、そんなことを言うとは予想していなかった。

「いやいや。農薬をバンバン使えって意味じゃないよ。そりゃあ、使わないほうがいい。だけど、もっと大切なことがある。農薬の一番の被害者って、誰だと思う？　消費者じゃないよ。環境でもないよ。農家さんなんだ。農家さんは、残留農薬として消費者が摂取する農薬の、何千倍、何万倍もの量の農薬を浴びてるんだ」

衝撃的だった。

「しかも農家さんだって、好きで農薬を使っているわけじゃない。農家さんだって、農薬なんて使いたくはないんだ。でも、消費者がキレイな野菜を求めるからね。だから、使わざるを得ない。農家さんは、自分の健康を犠牲にしてまでも、僕たちの食べ物を作ってくれているんだ。

私は、皆さんに、自分だけの健康のことばかり考えているような人ではなく、農家さんの健康のことも考えられる人になってほしいと思っている」

キタガワ先生は、残りの時間で、伝えたいことをすべて伝えてくれようとしている感じだった。

「今のが一つ目ね。二つ目。みんな農薬は使わないほうがいい、って言いながら、安くてキレイな野菜を買うでしょう。虫食いのキャベツは買わないでしょう。そうすると、農家は安くてキレイな野菜を作ろうとする。農薬を使ってね。

逆にね、高くても、虫食いでもいいから、無農薬がいいってそれを買うとする。そうしたら、無農薬の農家が増えるはずだよ。

仮に、みんなが買っている野菜の二〇％でも無農薬を買うようになったら、日本の農業の二〇％は無農薬になるだろうね」

この授業の最後の五分間は、僕の人生を変えた。

「社会を変えるのは選挙だけじゃないんだよ。何を買うか。何を食べるか。

もし、みんながコンビニ食ばかり食べていたら、日本はコンビニであふれ、農業は衰退していくだろう。

もし、みんなが無農薬の農産物を買うようになれば、日本に無農薬の農業が広がっていくだろう。

何を買うか。何を食べるか。それは社会のあり方を決める選挙の一票と同じなんだよ」

そこで、チャイムが鳴った。

「これで終わります。ありがとう。とっても楽しかったです」

教室は拍手で包まれた。

授業で拍手が起きるなんてありえないことなのだが、拍手が起きた。

それほど素晴らしい授業だったと思うし、それは僕だけでなく、教室のみんなが感じていたということだ。

20

僕は授業が終わって、教壇に歩み寄り、授業の片付けをしているキタガワ先生に話しかけた。

「先生、とっても面白かったです」

「お～、イケベ君。ありがとう。おかげで助かったよ」

授業中も笑顔だったが、それよりも、もっとリラックスした表情で笑いかけてくれた。

「とっても面白かったです。あの～、先生のお話をまた聞きたいんですけど」

「う～ん、この授業の僕の担当は今日だけだからね。福岡市立大学に来れば僕の授業を聞けるけど」

「え、でも、それはムリですよね」

「何がムリ？」

「僕、福岡市立大学の学生じゃないし。怒られるでしょう」

「誰に怒られるの？　誰がムリって決めたの？」

「あ、いや……」

「例えば、この授業に知らない人が一人紛れ込んだとして、イケベ君は気がつくかい？」

「いや、気づかないと思います」

ボランティア実践入門を受講している約四十人の学生のうち、顔と名前が一致する学生なんて二、三名だった。選択の教養科目だから、いろんな学年のいろんな学科の学生がいるのだ。

「もし気がついたとして、イケベ君は、その人に『出て行けよ』って言う？　怒る？」

「いや、言わないと思います」

「でしょ？　だから大学の授業に忍び込むなんて簡単だよ。逆に、私ならうれしいけどなぁ。だって、ほかの大学から、わざわざ授業を受けに来てくれるなんて」

「そういうもんなんですか」

「そういうもんだよ。まぁ、ルールとしてはダメなんだろうけど。でも、やろうと思えば、何でもできるんだ。無限の可能性がある。

でもね、みんな勝手に『できない』『ムリ』って決めて、やりさえしないんだ。自分の可能性を潰しているのは、自分だってことに気がついていない。

できるか、できないかじゃなく、やるかやらないかだよ。できるか、できないかは、やってから分かることだし、諦《あきら》めずにやり続ければ、絶対にできる」

僕の中で、熱い何かがこみあがってきた。

何かやりたいっていう、熱い何かだ。

「僕、先生の授業、受けに行きます！」

「そうか！　でも、それだけやる気があるなら、僕の授業を受けるより、いいトコロを紹介しよう。ウエノさんっていう農家さんなんだけど……。そうだ、いい考えがある」

と、キタガワ先生は、僕を連れて教室を出た。

校舎を出ると、梅雨の合間の、もうすぐ夏が来るって感じの青空と、まぶしすぎるくらいの光が広がっていた。

まるで、今の僕のようだった。じめじめ、どんより、うっとうしい時期が終わりかけていた。輝かしい、暑いほどの季節が僕を待っているような気がした。

向かった先は、ボランティア実践入門の責任者である佐伯先生の研究室だった。

歩きながら、キタガワ先生はウエノさんについて説明してくれた。

糸島郡二丈町《いとしまぐんにじょうまち》っていうトコロで、農薬、化学肥料を一切使わない有機農業をやっている農家さんなのらしい。キタガワ先生は、大学院生の頃からウエノさんにお世話になっていて、現在、いろんなイベントや活動を、一緒にやっているのだという。

佐伯先生の研究室に着いた。

キタガワ先生は、佐伯先生にこんな提案をしてくれた。

ボランティア実践入門の単位要件として、夏休みのボランティア活動があるが、そのボランティア派遣先の一つに、糸島のある農家が行っている子ども農業キャンプのスタッフも加えてもらえないだろうか。

佐伯先生は、快く了解してくれた。

キタガワ先生は、メモ帳に電話番号を書いて、僕に渡してくれた。「じゃあ、コレ、ウエノさんの電話番号。明日の夜、ココに連絡して」と言い残し、駐車場に向かった。

僕は、キタガワ先生の背中に深々とお辞儀をした。

21

僕は、キタガワ先生に指示されたとおり、翌日の夜、電話することにした。

何時頃に電話するのが適当なのか、かなり迷ったが、早くもなく遅くもなさそうな、夜の八時頃に電話をした。

いつのときも、初めての電話は緊張するものだ。

「もしもーし、こんばんはー」

女性の声だ。

「あの、私、九州教育大学のイケベタカシといいます。あの、キタガワ先生に紹介されて、お電話したんですけど……」

「あ～、キタガワ君から聞いとるよ～。子どもキャンプにスタッフとして参加してくれるんやろ」

「あ、はい！」

「ちょっと待っとってねぇ、お父さんに代わるねぇ」

電話の向こうで、「お父さん、キタガワ君が言いよった、子どもキャンプに参加したいっていう大学生から電話がかかっとるよ」という声が聞こえる。

「イケベ君、はじめまして」とウエノさん。

「はじめまして。イケベといいます。子どもキャンプに参加したいと思って、電話しました」

「イケベ君はどこに住んどると？」

「宗像市です」

「そりゃあ、遠かねぇ。来れる？」

「行きます。遠くても行きます」

「じゃあ、いつ来る？」

「え？……　子どもキャンプのときに……」

「あんね、子どもキャンプのときだけ来ても、スタッフとして働けんやろ？　キャンプまでにいろいろ慣れてもらわないかん」

「そうですね」

「今週の土日はどうね？」

「こ、今週の土日ですか？　ちょっと待ってください」

スケジュール帳で一応確認するが、たいした用事はない。

「じゃあね……、え〜と……、十時五十一分に大入《だいにゅう》駅着の列車で来んね。駅までは迎えに行くけん」

「あ、はい」

「筑肥線《ちくひせん》の大入駅ね。宗像からやったら、博多駅まで行って、それから唐津《からつ》行きの地下鉄に乗れば着くけん」

「あの、持っていくものとかは……」

「作業ができる服と靴。あとは大学生なんやけん、自分で考えりぃ。じゃあ、楽しみに待っとるけんね」

「あ、はい、よろしくお願いします」

思いも寄らぬ、アッという間の展開だった。

あれよあれよという間に、今週末の二丈町行きが決まってしまった。

しかし、冷静に考えれば、分からないことだらけだ。

どうやったら、行けるんだろう。何時に出発すれば、十時五十一分に大入駅に到着できるのだろう。お金はいくらくらいかかるのだろう。

不安が大きくなってくる。

でも、僕は、「なんでもやってやろう」と決めたのだ。

ウチに時刻表がなかったので、翌日、教育大前駅に行き、駅員さんに大入駅までの経路や出発時刻、料金を尋ねた。片道約二時間かかり、片道で約一五〇〇円ということだった。

二時間！

地元の大分に帰るにも、二時間かからずに帰れるのだ。それが同じ福岡県内で二時間以上だなんて。ちょっとした小旅行である。

交通費は大丈夫。財布には数千円あるし、口座にもお金は残っている。

僕は改めて、自炊していてよかった、と思った。もし、今までどおりのコンビニ暮らしでお金がなかったら、この二丈町行きもできなかったかもしれない。

まだ不安はあったが、いろいろ考えたり、荷物を準備したりしていると、ワクワク感のほうが大きくなってきた。

見知らぬ地へ、見知らぬ人を訪ねて、旅をする。しかも一人でだ。大学生らしいではないか。もしかしたら、列車の中でかわいい女の子と一緒の席になって、会話がはずんだりしちゃって！　旅の醍醐味《だいごみ》だ！　大学生の醍醐味だ!!

途中から妄想にすり替わりながらも、ワクワク感は高まっていった。

そしてその日がやってきた。

第三章

自炊男子の涙

――「食」が人生の happy を教えてくれる

七月二日、土曜日。

八時五十三分、教育大前発の列車に乗り、博多駅へ向かう。余裕を持って、もう一本早い便で行こうと思ったのだが、筑肥線《ちくひせん》は便数が少なく、結局、同じ到着時間になるという。博多駅で「西唐津《にしからつ》行き」の地下鉄に乗り換える。地下鉄なのだけれど、姪浜《めいのはま》という駅からは、地上部に出る。ここから先は、筑肥線なのだという。

筑前深江《ちくぜんふかえ》という駅を通り過ぎると、右手に真っ青な海が広がった。こんな美しい海を見るのは、いや、海自体を見るのも久しぶりだ。

心は躍った。

短いトンネルがあって、海は見えなくなり、二つ目のトンネルを過ぎてすぐ、大入《だいにゅう》駅に到着した。

目的地だ。

駅に降り立つと、初夏の日差しが照りつける。ずっとクーラーの効いた電車に乗っていた僕のカラダからは一気に汗が噴き出てきた。

博多湾
玄界灘
糸島半島
姪浜
天神
博多
地下鉄
筑前深江
大入
ウェノさんの畑は
ココラへん

大入駅は無人駅で、乗車券は、出口に備え付けられた回収ボックスに入れる仕組みだ。キセルすればよかった、とよからぬ考えが頭に浮かぶ。つまり、博多から一駅分だけの乗車券を買って乗り込む。出るのは無人駅の大入駅。そうすれば七四〇円かかるのが、二〇〇円かからずにすむ。

ウエノさんの奥さんが、白い軽トラですでに迎えに来てくれていた。トシ子さんといった。

頭には白地に青い模様の入った手ぬぐいをかぶり、絣《かすり》のもんぺをはいていた。ドラマに出てくる田舎のおばちゃんのような、コテコテのスタイルだ。

満面の笑顔がとっても温かい。

年の頃は……、僕は年を当てるのが苦手なのだが、おそらく四十五歳くらいのはず。五十にはいっていないと思う。

「イケべ君? よ〜来たね〜」と迎えてくれた。

まるで既知の仲であるような、温かくて、自然なあいさつだった。

僕は「よろしくお願いします」と深々と頭を下げた。

軽トラの助手席に乗り込む。クーラーはあるのだが、それはスイッチオフのままで、窓が全開。

「暑かねぇ〜」

「暑いですね」と応えながら、なぜ、クーラーをつけないのか不思議だった。

線路に沿ってのびている国道二〇二号線を、少しだけ、僕がやって来た方向に戻る。すると左手に、さっき見た美しい海が広がる。

「きれいですね〜」

「田舎でびっくりしたろ。ここは山と田んぼと海しかなかけん」

教育大前も十分に田舎なのではあるが、田舎度合いからすれば、こちらのほうがはるかに上だ。少なくとも教育大前は無人駅ではない。

国道を右折。加茂川という小さな川に沿った、細い道を上って行く。

「この川はね、シラウオが捕れるんよ〜」

美しい集落だった。佐波《さなみ》という地区なのだそうだ。両側を山に挟まれ、真ん中を加茂川が流れる。その加茂川の脇に小さな田んぼや畑があって、古い造りの家が、田んぼと山の間に点在している。

古き良き日本、という風景だった。

「きれいですね〜」

「でもね、農業をやるには大変なんよ」

「なにが大変なんですか？」

「田んぼが小さかろ。そうやけん、効率が悪いったい」

そんな話をしている間に、ウエノさん宅に到着した。

ビックリするほど大きな家だった。一階は、囲炉裏《いろり》がある居間に、大きな台所。そして事務作業をするための部屋。そして和室。そしてトイレ。男性用小便器が二つ。大便用の個室が二つもあった。こんなにトイレがある家を僕は見たことがない。

二階は、板張りの大広間。ここで、キャンプに参加する子どもたちが雑魚寝をするのだという。そして個室が三部屋。二階にもトイレが二つあって驚いた。

ウエノさん宅には、キャンプの子どもだけではなく、一年を通じて、いろんな人たちが農業体験に来るらしいのだ。

そんな人たちが泊まれるように、大借金をして、この家を建てたという。

居間に通され、トシ子さんは、冷たい麦茶をポットからコップに注《つ》いでくれた。

「よう来たねぇ。何時間かかった？」

「二時間です」

「お腹、すいたろ〜。今から、ご飯の準備するけんね、お茶でも飲んで待っとって」と、トシ子さんは台所に立った。

僕は、本棚にある農業の本を手に取ったりして、ソワソワした時間をやり過ごした。手伝ったほうがいいのか、それとも、「待っとって」と言われたのだから、素直に待つべきか、迷いながらソワソワした。

もう少しで十二時というところで、勝手口が開いて、ウエノさんが帰って来た。

上はTシャツに、下はツナギ。ツナギの上半身の部分は腰に巻き付けていた。Tシャツは汗で、すべて色が変わり、ツナギには泥がついていた。頭には、ねじったタオルをハチマキのように結んでいた。肌は日焼けしている。

「今日は暑かねぇ〜。お、君がイケベ君ね。よう来たねぇ。着替えてくるけん、ちょっと待っとってね」

カッコいい！

職人、プロフェッショナルという出《い》で立《た》ちだ。

居間のテーブルに料理が並べられ、服を着替えたウエノさんもテーブルに着く。

トシ子さんが「ごめんねぇ、野菜料理ばっかりで。ウチは野菜しかなかけん」と言いながらも、テーブルの上には、大皿がいくつも並んだ。

カツオブシをのせたスライスタマネギのサラダ。ナスの味噌煮。ブロッコリーのにんにく風味野菜炒《いた》め。冷やしトマト。キュウリの塩昆布和え。キュウリとワカメの酢の物。自家製の漬け物。そして、ご飯に、具だくさんの味噌汁。

まぁ、確かに肉料理はないが、一人暮らしの僕にとっては、超豪華、超贅沢メニューである。

トシ子さんは、まだ台所で何かしていたが、「食べようか」と言って、ウエノさんは手を合わせた。

「農業をやっとると時間がまちまちになるけん、手の空いた人から食べていいと」と説明してくれた。

ウエノさんはどんぶりにご飯をつぎ、その上に、いろんなおかずをのせて食べている。

「取り皿、ありますよ」と言って差し出すと、「洗い物は自分でするのがルールやけん、洗い物を増やしたくないと」

いろんな人が集まる家だから、こうしたルールがあるのだ。

僕もウエノさんと同じ方法で、食べることにした。

すべてが本当においしかった。

トシ子さんがやって来て「どう？　口に合う？」と聞く。

「めちゃくちゃおいしいです！」と答えると、「よかったぁ、ジャンジャン食べてねぇ。米はいくらでもあるけん。米は今日は五分搗《ごぶつ》き」と言う。

「五分搗きって何ですか？」

「普通は白米。スーパーとかに売ってるやつ。あんね、稲から籾《もみ》をはずすやろ。それを脱穀っていって、そのあと、籾の籾殻をはずすのが、籾すり。そうして出てくるのが玄米」

「玄米は聞いたことがあります」

「玄米の表面にはね、糠《ぬか》があってね、糠を削ることを精米っていうんよ。それを全部削ると白米。五分搗きは半分削った状態。糠に栄養がいっぱいあるんやけど、玄米やったら食べにくいといかんけん、今日は、五分搗き」

普段食べているお米なのに知らないことだらけだ。

ご飯は圧力釜で炊いているそうで、モチモチしていておいしかった。三杯もおかわりしてしまった。

ご飯だけじゃない。すべてが本当においしかった。

こんなにおいしいご飯を食べたのは、生まれて初めてじゃないかと思うほどだった。

23

昼食を食べ終わり、各自で皿を洗う。

「よし農作業だ」と意気込んでいる僕を尻目に、ウエノさんは、居間の畳の上にゴロンと横になり、そのまま寝てしまった。

トシ子さんが「イケベ君も横になっとってよかよ」と声をかけてくれた。

「せっかくお手伝いに来たから。何かできることはありませんか」と尋ねると、「じゃあ、夕ご飯用にポテトサラダを作るけん、キュウリとタマネギをスライスしてくれる？」と言う。

トシ子さんは、外にある、僕の部屋ほどある大きなコンテナ型の冷蔵庫から、キュウリとタマネギを取り出してきた。

「イケベ君は自炊しとると？」と問われたので、「はい」と自信を持って答えた。

そして、まな板と包丁で、キュウリのスライスにとりかかった。

これはある意味、試されている。

僕は、薄く、均一に、しかも速くスライスした。手元のキュウリは見ずに、トシ子さんに視線を向けながらスライスする、という余裕も見せてみた。

一本目を終えたところで「上手やねぇ!」と褒められた。

僕はうれしかった。料理の経験がこんなところで役に立った。

「いやー、ウチの息子もね、今、関西で大学生しよんのやけど、最近の大学生って何食べよんのやろう」

僕は、自炊を始める前の食生活を説明し、キタガワ先生の授業を思い出して、今どきの大学生の食生活事情を説明した。

「そうやろうねぇ~。ウチん子もそうなんやろうねぇ~」

僕は意外だった。

こんなにおいしい料理を作るトシ子さんの子どもでも、自炊をしていないのだ。

しかも、「農業を継がない」と言っているのだという。

まぁ、そうだよな。

僕でも、農業は継がないだろう。

いくら毎日、こんなおいしい料理が食べられるとしても、やっぱりお金は大切だ。農業は大変そうで、儲《もう》からなさそうだ。

じゃあ、僕はウエノさんのつなぎ姿に、なぜ、かっこよさを感じたんだろう？

そんなことを自問自答していると、勝手口が開いた。

おばちゃんが「これ、雑魚やけん。食べて～」と、何匹も小さな真鯛が入った袋を、トシ子さんに手渡した。

「あら～、ありがとう。ちょっと待って、野菜持って帰って」とトシ子さんはコンテナ冷蔵庫に走った。

僕の中では、真鯛は高級魚というイメージがあった。小さいながらも、それをタダで、大量にもらったのだ。

トシ子さんによれば、こうやって、知り合いの漁師さんと、余ったものを融通しているという。

「いっぱいあるけん、開いて、冷蔵庫で干物にするんやけど、イケベ君は魚、さばける？」

「あ、いや、さばけません」

トシ子さんは、慣れた手つきで小さな真鯛を背開きにし、内臓やエラを取り出し、塩を振って、バットに敷き詰めていった。冷蔵庫にしばらく置けば、おいしい干物になるという。

「刺身でも食べれる鯛やけんねぇ。うまかよ〜。明日の朝、焼いて食べようね」とトシ子さんが笑う。

刺身で食べられる真鯛を干物にして、朝食に食べる。

なんという贅沢なのだろう。

いくらお金を出しても、食べられないのではないか。

それでも、ウエノさんの息子さんは、農家を継がないというのだから、世の中難しい。

24

ウエノさんは、寝始めて一時間して、サッと起きた。

「さぁ、田んぼに行こうかね」

ヒエとりをやるのだという。ヒエというのは雑草の名前だそうだ。田んぼに行くというので、Tシャツに短パン姿になった僕に、「そんなんじゃいけん」とウエノさんはツナギを貸してくれた。

炎天下に長袖のツナギは暑そうだが、日焼け、虫さされを防ぐにはツナギが一番だという。それから稲は「ジガジガしとるけん、肌がかゆくなることもある」のだそうだ。

そして、田植え靴という、田んぼ専用の薄い長靴を借りて履いて、軽トラに乗り込んだ。

ウエノさんの田んぼでは有機農業で米を育てている。農薬も化学肥料も使っていないのだそうだ。

その場合に、活躍するのが合鴨である。いわゆる「合鴨農法」というやつだ。僕も、何かのテレビで見たことがある。

田んぼに合鴨を放つと、害虫を食べてくれるから、農薬が要らない。雑草も食べたり、足で踏んづけたりしてくれるから、除草剤も要らない。糞をするから化学肥料も要らない。

一見、いいこと尽くめなのだが、毎年、雛《ひな》を買わなければならないとか、合鴨が野犬やイタチにやられるとか、それを防ぐためにネットや電気柵で田んぼを囲わなければならないとか、とにかく手間がかかるのだそうだ。

「合鴨を入れたら雑草は生えないんじゃないんですか？」

「ヒエと稲はね、よぅ似とるんよ。同じイネ科。合鴨は稲を食べんやろ。だけん、ヒエも食べん」

なるほど。逆に、ヒエを食べる合鴨がいたら、稲まで食べられてしまうということだ。だから、ヒエは人の手でとらなければならない。

そんなことを話し終えないうちに、田んぼに着いた。歩いてすぐの距離なのだけれど、軽トラが必要なのだ。荷台には、いろんな農具や、麦茶を入れたポットや、湯飲みを入れたカゴなどが載っている。

到着したのは、川沿いの細長い田んぼだった。

どこからか「クヮ、クヮ、クヮ、クヮ……」と合鴨の声が聞こえる。

ウエノさんが「こーい、こいこいこいこい」と呼びかけると、稲がザワザワと揺れて、その揺れがどんどんと近寄ってくる。

そして稲の間から、一〇羽くらいの合鴨が顔を出した。

かわいい！

「慣れてますねぇ！」と僕が驚くと、「慣らしとかな捕まえるときがタイヘンやけん」と言う。

ウエノさんは、クズ麦を田んぼにまき、合鴨はそれをついばんでいる。そうやって餌付けし、慣らしているのだ。

「さぁ、やろうかね」とウエノさんはネットを乗り越えて田んぼに入る。合鴨はあわてて、田んぼの向こうのほうに逃げて行った。餌をくれるからといって、すり寄ってくるほどには、合鴨は慣れないようだ。

僕も同じように、ネットを乗り越えて田んぼに入ろうとしたが、田んぼに足が埋まって、バランスを崩しかけた。なんとか踏みとどまったのだが、そんな僕を見て、ウエノさんは笑っている。

「コケたら面白かったろうねぇ!」

「コケたら泥だらけになるじゃないですか!」

「どうせ服も洗濯するし、風呂にも入るんやけん、同じよ。コケたほうが面白い」

ウエノさんは、本気でそんなことを考えている人だった。

ウエノさんは、田んぼの「稲」を二つ引き抜き、僕に見せた。

「こっちが稲で、こっちがヒエね」

郵 便 は が き

料金受取人払郵便

牛込支店承認

3262

差出有効期間
平成24年11月
19日まで

162-8790

東京都新宿区弁天町114-4
㈱現代書林
「元気が出る本」出版部

『自炊男子「人生で大切なこと」が見つかる物語』

ご愛読者カード係 行

フリガナ お名前	年齢　　　歳 性別（ 男・女 ）
ご住所 〒 ☎　（　　）　　FAX　（　　）	
ご職業	役職
ご勤務先または学校名	
ご購入書店　　市　　書店	ご購入日　　月　　日

小社の新刊情報等の送付を希望されますか。（ご希望の方は、メールアドレスをご記入ください）

1 希望する　　2 希望しない

Eメールアドレス

現代書林の情報はhttp://www.gendaishorin.co.jp/

●ご愛読者カード

自炊男子「人生で大切なこと」が見つかる物語

現代書林の本をご購読賜り、誠にありがとうございます。弊社の今後の出版企画の参考とさせていただくため、下記の質問にお答えください。また、本「ご愛読者カード」を参考資料として著者に提供してもよろしいでしょうか。

□承諾する

●お買い求めの動機をお教えください。
1 著者が好きだから　2 人にすすめられて
3 タイトルが気に入って　4 装丁が気に入って　5 店頭で見て
6 新聞・雑誌の広告を見て（掲載紙誌名　）
7 書評・紹介記事を見て（媒体名　）
8 その他（　）

●ご購読新聞名・雑誌名をお教えください。

新聞　雑誌

●本書をお読みになったご意見・ご感想、佐藤剛史氏へのメッセージをお書き下さい。

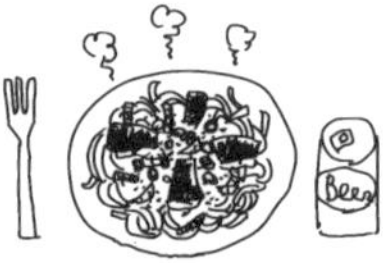

※あなたのご意見・ご感想を新聞、雑誌広告や小社あるいは著者のHP、メールマガジンなどで……

1 掲載してよい　2 掲載しては困る　3 匿名ならよい

ご協力ありがとうございました。

僕からすれば、全く同じ稲にしか見えない。

「こっちは引き抜く。こっちは抜いたらいかん。稲を抜いたら、収穫量が減るけんね。請求書送るけんね」

笑っているから冗談なのだろうけど、僕はことの重大さに気がついた。

僕は、単にボランティアに来たつもりだった。来るだけで役に立つと思っていた。しかし、実際は、僕がミスをすればするほど、ウエノさんの収入は減っていくわけだ。

「差が分からないんですけど……」

「ヒエのほうがスーッとしとる」

「は？」

「こっちほうがスーッとしとろ？」

どう見ても同じである。

「色も違お？　こっちのほうが黄緑色やろ？　それから、稲はここに毛が生えとる。だけどたまにヒエでも生えとるヤツもおる」

結局、僕は、その差がよく分からないままに、ヒエとりを開始した。

二人で横に並んで、一人が五列分を担当する。

ウエノさんはヒョイヒョイとヒエを見極め、前に進んで行く。どんどんとヒエを抜き、何本かまとめて、畦《あぜ》に投げていく。

僕は「稲の列からはずれているのがヒエの可能性が高い」くらいしか分からない。僕は、いちいち色を比べたり、毛が生えている部分を確認したりした。

ウエノさんはどんどん先に進んで行き、僕とは距離がどんどん離れる。

頭上には真夏の太陽があり、ジリジリと後頭部を焦がす。水面に太陽が反射して、下からも照らされる。Tシャツとパンツは、すでにグショグショで、ツナギも汗がにじんでいる。顔は稲にあたって、かゆくなる。

僕が最初の五列の半分に達するか達しないかのとき、ウエノさんは、田んぼの端までたどり着き、Uターンし、次の五列にとりかかり始めた。

そうなのだ。向こう側に着けば終わりじゃないんだ。

必死でヒエを見極めながら、一歩一歩、歩を進めた。一往復したところで、ウエノさんは、大きな木の陰にゴザを敷き、麦茶を準備してくれていた。

田んぼの水のきれいな部分で手を洗う。

木陰でいただいた麦茶は死ぬほどおいしかった。

麦茶を飲みながら、ウエノさんの質問に答え、なぜ、僕がここにボランティアとして来たかの経緯を説明した。

「十五分たったけん、やろうか」の言葉で、ヒエとり再開。

それ以降、三十分作業して、十五分休憩を何セットか繰り返した。

ただ、同じ三十分でも、その間に進む距離はのびていった。僕のヒエとりスピードはアップした。ウエノさんの言う「すーっと」というのが分かってきたのだ。マジマジと見つめなくても分かる。「あ、あそこにある」という感じで、遠くからでも分かる。

「ヒエ目ができてきたねぇ」と褒められる。

田んぼ一枚のヒエとりがやっと終わり、「終わったぁ～」とやり遂げた感に浸っていると「この田んぼで一反くらい。ウチは三町くらい米を作っとるけん、この三十倍、あるばい」

三十倍！

ちなみに、後で聞いて分かったのだが、「反」「町」は面積の単位なのだということだ。

一反が一〇アール。一〇メートル × 一〇〇メートルの一〇〇〇平方メートル。

一町は一反の十倍。一ヘクタールという。

一〇〇メートル×一〇〇メートルの一〇〇〇〇平方メートルだ。気が遠くなる。

ヒエは田んぼにポツポツポツと生えている程度だ。

これくらいのヒエが、田んぼの栄養分を奪って、米ができなくなるとは考えにくい。

「ヒエとりしないと米ができなくなるんですか?」

素直に聞いてみた。

「できると思うよ。多分、今年はちゃんとできる。でもね、このヒエを放っていたら、ヒエが実をつけて、その種を田んぼにばらまくやろ。そうしたら来年は、もっとたくさんのヒエが生えて、タイヘンになる。そのヒエがまた、種をばらまいてってしよったら、いつか米はできんごとなるやろうねぇ」

目先のキツイ作業から逃げ出したいと思った僕は、恥ずかしくなった。

ウエノさんは、来年、再来年、その先の未来を考えて、こんな過酷なヒエとりを続けているのだ。

「毎年、一生懸命ヒエとりするんよ。一本残らず抜いていく。一本残らず抜いてしまえば、来年からは生えんことなるはずやろ。だけど、毎年、生えてくるんよねぇ」

ウエノさんは、笑いながら「どうしてやろうと思う？」と僕に聞いた。

「風に乗って飛んで来るんじゃないでしょうか」

僕なりの頭を使って答えた。

「そうやねぇ。それもあるかもしれん。それから、田んぼは水を上から引いてくるけん、その水の中に種が混ざっとるのかもしれん。それから……」

ウエノさんは、論文とかで確かめたわけじゃないけれど、と前置きしてこんな考えを説明してくれた。

ヒエの種は、一年後に発芽する種、二年後に発芽する種と役割分担しているのではないかということだ。すべての種が一年後に発芽して、もし、その年が干ばつでヒエが枯れてしまったとしたら、そのヒエは絶滅してしまうことになる。そうならないように、一年後に発芽する種、二年後に発芽する種と役割分担しているのではないか。むしろ、そうした特性を持った種だけが生き残っているのではないか、というのだ。

「ヒエも種を残すために必死なんよ。だけん、こっちも本気でやっとかなんといかん」

25

そんな話を聞きながら、僕は、驚いていた。

まるで、研究者のようだ。しかも、本で読んだわけではなく、自分で考えたという。

僕には、農業とか農家を馬鹿にする気持ちが心のどこかにあった。

だって、地元で「農業高校」といえば、普通科に行けないような生徒が行くところで、実際、相当荒れていた。農業はキツイ、キタナイ、キケンの三Kと呼ばれ、敬遠されていた。大学に行ったり、ほかの仕事に就くことができない人がやる仕事だと思っていた。

いかにいい学歴を積んで、いいところに就職し、安定した高給を得るか、という価値観が僕を支配していた。僕のそんな価値観を育てたのは親であり、その親はそんな社会の中にいた。僕の親は、高度経済成長期に青春時代を過ごし、僕はバブル景気の真っただ中で中学・高校時代を過ごした。自己弁護するわけではないが、そんな価値観を持ってしまうことは当然だった。

そんな僕にとって、ウエノさんの思考や言葉は驚きの連続で、僕の中の農家像をガラッと変えた。

もっともっと話が聞きたい、もっといろんな体験をしたい。

「もうちょっとハードな草ひきする?」と言う。

やりましょう。断れないでしょう。

僕たちは、ちょっと下ったところにある、小さな田んぼに移動した。

「これ、比較実験田ね」

見るからに今までの田んぼと違う。合鴨を入れていないし、それゆえ、網も電気柵もない。稲は明らかに小さく、稲と稲との間には、背丈の低い、濃い緑色の雑草がびっしり生えていた。

「除草剤を使わんとどうなるか、合鴨を入れんとどうなるか、説明するための田んぼ」

田んぼを埋め尽くした雑草は、コナギというのだそうだ。

「すごかろ。こげんなるとよ」

明らかに、稲はコナギに栄養を奪われているのが分かる。小さいのだ。

「この田んぼの草ひきはこうやると」

ウエノさんは、田んぼに入って腰をかがめた。

稲、一株のまわりを、両手で円を描くように、雑草を土ごと絡め取る。

熊手で、溝のゴミをかき集める感じだ。その両手の雑草と土を一緒にして、土の中に埋め込む。これを一株ずつやっていく。

僕も隣に並んで、その草取りを始めたが、ヒエとりとは比べものにならない重労働だった。ヒエとりの場合は、腰をかがめている時間はごくわずかなのである。ヒエを探したり、移動している間は腰を伸ばしている。しかしこの草ひきは、ずっと腰をかがめっぱなし。そして、すぐに、握力がなくなっていく。

照りつける太陽の熱さは、今まで以上に感じる。暑さ、きつさは比べものにならない。数メートル四方の小さな田んぼなのだけれど、一往復しただけで、僕は畦にへたり込んでしまった。

「めちゃくちゃ大変ですね。農家の人って、こんなキツイ作業をしてるんですね。農家の方の大変さが分かった気がします」

ウエノさんは、ニヤッと笑って言った。

「プロは、こんな暑い日中には、こんなことはセンと。今日は、イケベ君のためにスペシャルサービス」

確かに……。こんなことを毎日やっていたら命が危ない。

「それからね。普通の農家は除草剤を使うんよ」

除草剤。

僕は除草剤というモノに生理的嫌悪感を抱いていた。

下半身がつながった結合双生児のベトちゃんドクちゃんの分離手術が行われたのが一九八八年。僕が中学生の頃だ。当時、マスコミで何度もそのことが放送されていた。結合双生児が生まれた原因は確かではないが、ベトナム戦争時に米軍が大量に散布した枯葉剤の可能性もあるということだった。

報道の中でこんなことを聞いた覚えがある。

ベトナム戦争で散布された枯葉剤は、除草剤の一種なのだが、それを除草剤と表現すると、除草剤が売れなくなるので、枯葉剤と呼び名を変えることにした。その圧力をかけたのは……という話だ。

子ども心に「ヒドい話だ」と憤慨した。それが、除草剤への生理的嫌悪感の源になっている。

しかし、実際に草ひきをして思った。「僕が農家なら、この作業には耐えれない。除草剤使っちゃう」。

除草剤を推奨するわけではない。だけど、この作業はきつすぎる。農家が、除草剤を使うのは仕方がないと思う。

こんなに苦労して、米の値段は……。

あれ？　いくらだったっけ？　いつか計算したのだけど……。

と考えていると、ウエノさんが「もう一往復行く？」と尋ねる。

「い、行きます！」

と答えると、「じゃあ、頑張って。俺はココで休んどくけん」

騙《だま》されたような気になりながら、僕は再び田んぼに入った。そして必死にコナギの草ひきをした。

この作業はいつまでたってもスピードアップしない。

26

ヘトヘトになってもう一往復して、畦にたどり着くと、ウエノさんが、「よぅ頑張ったねぇ。イケベ君は見込みがある。川で手を洗ってこんね。川に、トマトとキュウリを冷やしとるけん、取ってこんね」と言う。

川に下りて、手と足と顔を洗った。何度か頭にも水をかけたが、面倒くさいので、頭をザブリと川につけた。頭皮を冷たい水が殴っていく。頭のどこかが痛くなるほど冷たく、天国に行くほど気持ちよかった。

股の間から見えた、逆さまのウエノさんが笑っている。

ザルの中に、トマトとキュウリがあった。流れていかないようにザルの中には石も入れられていた。

ザルから石を取り出し、ザルごと木陰に持って上がった。

「食べんね」と言い終わらないうちに、ウエノさんはトマトに手を伸ばし、そのままかぶりついた。

「うまかぁ〜」と大げさに言う。

僕もトマトにかぶりついた。

「うまかですねぇ！」

「うまかろ〜」

大げさではなかった。本当にこんなおいしいトマトを食べたのは初めてだと思った。

皮はパリッとしていて、果汁というか、トマト汁があふれ出す。甘みもあって、何より、トマトの香りが強かった。

田んぼの隣に小さな畑があって、そこに野菜をいくつか植えているのだという。僕が草ひきしている間に、それを採って川で冷やしておいてくれたのだ。

キュウリも同じようにうまかった。

「なんか、特別な育て方をしているんですか？」と聞いた。

「そうやねぇ。化学肥料を使わんで、堆肥で土づくりしとる。農薬を使っとらん。それが特別やなくて、当たり前やと思っとるけど」

「だけど、普通の農家は農薬を使うんでしょう？」

「使う。キュウリ農家は、ずっと同じ畑で、キュウリばっかり作るやろ。そうしたらね、病気とかが発生して、できんごとなるんよ。連作障害っていう。だけん、農薬を使わざるをえん」

「ウエノさんはどうして無農薬でできるんですか」

「ウチは規模が小さかけん。で、いろいろ作っとるやろ。だけん、どんどん、まわしていくんよ。同じ畑で、キュウリ作ったり、イモを作ったり、たまに作らんで土地を休ませたり。輪作《りんさく》っていうんやけどね」

「みんな、ウエノさんと同じやり方すれば、無農薬でできるのに！」

「そうねぇ。でも、同じモノをいっぱい作ったほうが効率がいいし、出荷もしやすい。農協に出そうと思ったら、ある程度、量がいるけんね」

「ウエノさんは、どこに出荷してるんですか？」

「お客さんに直接売りよる。近くの家やったら配達したり、遠かったら、宅配便で送ったり」

「無農薬だから高く買ってくれたりするんですか？」

「そうねぇ。ちょっとは高いかもしれんけど、それが普通よ。イケベ君は、いくらの米を食べとる？」

「五キロで一五〇〇円くらいです」

「それは安かねぇ！　キロ三〇〇円。農家の手取りは二〇〇円もないやろうねぇ。あとは流通業者の手数料。ウチはキロ六〇〇円で消費者に直接売りよる」

「それは、すごく儲かるんじゃないですか？」

つい本音が出た。失礼な質問だったかもしれない。

しかし、ウエノさんは丁寧に答えてくれた。

「でも、全部、自分でやらんといかんとよ。お客さん探し、米の乾燥、調整、袋詰め、発送、全部自分でせないかん。

それに、無農薬でやろうと思ったら、合鴨入れたり、柵を張ったり、ヒエとりしたりせないかん。それで、キロ六〇〇円やけんね。

ところで、イケベ君は、ご飯一杯の値段って知っとる？」

「あ、知ってます。自炊を始めたときに、計算したことがあるんです。一杯いくらだったかな。えと……。たぶん、二〇円とか三〇円とか、それくらいだったと思います」

「そうやろうねぇ。ウチの米で一杯四〇円。高いと思う？」

あのヒエとり作業をやって、一杯四〇円。ちなみに、ご飯一杯は稲三株分くらいなのだそうだ。四〇円じゃあ、割に合わない。

「いえ。高いと思いません」

「だけど、みんなそれを買わんと。高いって言って。缶コーヒーとかガブガブ飲みよるのにねぇ」

僕は耳が痛かった。

そのとおりなのだ。僕もスーパーに行って、一番安い米を選んでいるのだ。そのくせ、缶ジュースとか、缶コーヒーとかは平気で飲んでいるのだ。

「すいません」

「ハハハハハ。イケベ君を責めてるわけやないとよ」

ふと考えた。

スーパーに行って五キロ三〇〇〇円の米は買わないだろうけど、でも、ウエノさんからなら、買ってもいい気がする。ウエノさんが心を込めて作った米だ。何より、僕がヒエとりした米だ。

「僕もウエノさんのお米買います。今日はお金持ってきてないけど」

「学生さんやけん、カネがなかろうけんね。いつかでいいよ。将来、働きだしたら、いーっぱい買ってね」

それから、ウエノさんはいろんな話をしてくれた。

農作業をしながら、休憩をしながら、いろんな話をしてくれた。

「トマトの産地はね、青いときに収穫すると。で、運ぶ間に赤くなって、店に並ぶときはベストな赤さなんよね。ウチは、赤くなるまで収穫せんけん。だけん、味が全然違うとよ」

米だって、キュウリだって、トマトだって、普通に食べているものだけど、それがどう作られ、どう僕の口に入るかは知らないことばかりだった。

27

農家に定刻の終業時間はない。

暗くなって作業できなくなるまでが就業時間である。

七月の今は、一年で一番、日が長い。この集落は山で囲まれているために、太陽は六時過ぎには山に隠れてしまうが、それでも七時くらいまでは十分に明るい。僕は、ヒエとりを続けた。ウエノさんは、草刈り機で畦草刈りをしたり、畦の補修をしたりしていた。

あたりが見えなくなってきた頃に、「帰ろうか」と作業を終えた。

正直、やっと終わった、と思った。

腹が減って仕方がなかったのだ。

服がドロドロの僕は、軽トラの荷台に乗ることになった。軽トラが動き出し、風を感じる。ふと空を見ると、色が変わる空と、いくつかの星が見える。

僕は今、間違いなくいい経験をしてる。震えるくらいうれしかった。

家に着いて、最初に向かうのが洗い場である。

まず、田植え靴を脱いで、洗う。

僕もウエノさんに倣《なら》って、たわしで、汚れが一つもないように洗った。

それから、外でツナギを脱ぐ。

ウエノさんが、「風呂が沸いとるけん、先に入り」と言う。

「いえ、僕は最後でいいです」

「遠慮せんでいーと。俺はやることがあるけん」

僕はこうして風呂に入ったが、湯船にはつからず、シャワーだけで済ませた。暑かったので、シャワーだけでも十分だったし、なんかお湯を汚したらいけないような気がしたのだ。

風呂から出て、まだ外で作業していたウエノさんに声をかけた。

「お風呂、お先にいただきました。ありがとうございました。お手伝いしましょうか」

ウエノさんは、軽トラに載せていた鎌や草刈り機、収穫バサミ、コンテナなど、いろんな道具を下ろし、それを掃除して、納屋になおしていた。納屋の中には、いろんな道具や機械があったが、きれいに整理整頓されていた。

親分の話がふと思い出された。仕事ができる人は、仕事が美しく、道具を大切にする。

「こっちはもう終わるけん、台所の手伝いして」

僕は台所に行って、トシ子さんに「お手伝いします」と声をかけた。

「そうやねぇ。イケベ君、切るのがうまかったけん、鴨を切ってもらおうか」と、包丁、まな板が準備され、まな板の上に、焼いた肉の塊が置かれた。

「え、もしかして、田んぼにいた合鴨ですか？」

「そうよ〜。去年、さばいたヤツを冷凍しとったと。それをね、解凍して、表面を焼いてローストにしたんよ。これを牛のたたきみたいな感じで切っていって。で、この皿に盛りつけて」

肉の塊に包丁を入れ、三ミリ程度に切る。

切り口から、真っ赤な肉汁、いや、血がしたたり出る。

「めっちゃレアですね」と言うと、「これがウマイんよ〜」とトシ子さん。

トシ子さんの説明によれば、普通、鳥をさばく場合、放血をしなければならない。保健所が定めているのだそうだ。首の頸動脈《けいどうみゃく》を切って、血を抜き、それからさばくのだ。

以前、フランス料理のシェフを招いて、合鴨の料理法の勉強会をした際、「合鴨は血を食べる」と教えられた。血がおいしいのだという。それから、さばき方を変えたのだそうだ。合鴨の胸を両手で押し、圧迫死させ、毛を抜く。その状態で一週間、冷蔵庫で熟成させ、それから解体する。そうすると、しっかりと血がまわった肉になるのだという。

僕は合鴨のローストを切っていった。

僕なりのコツは、引きながら一度に切ってしまうことだ。何度も引いたり、押したりして切ると、切り口が崩れる。それをふぐ刺しのように、菊の花の形に、大皿に盛りつけていった。

僕はもともと、図工とかが得意だったのだ。

「イケベ君、あなたは、本当にうまかねぇ」

「キレイに見えるように努力しました」

「今度から、田んぼに行かんでいいけん、料理係して。私が田んぼに行く」

どこまでが本気で、どこまでが冗談なのか分からないようなことを言って、笑っている。

「十一月になったら、今、田んぼにいる合鴨をさばくけん。そんときも来んね」

「え、自分でさばくんですか？」

田んぼにいた、かわいい合鴨の顔を思い出してしまった。

「イケベ君、あんた、今日、それ食べるんやろ。食べるんやったら、さばくところからさせないかん。そうやないと、食べさせんよ！」

脅しである。

「来ます！　やります！」

答えたところで、ウエノさんがお風呂から上がり、台所にやって来た。

僕が盛りつけた合鴨のローストを見て、「うまそ〜」とよだれをふくマネをした。

テーブルには、昼間以上の料理が並べられた。

僕が切った合鴨のローストに、ポテトサラダ、野菜の天ぷら、たたきキュウリのカツオブシ醤油和え、オクラの胡麻和え、ニガウリ炒め、手作りこんにゃくの煮物、そして昼間の残りのキュウリとワカメの酢の物は小さな皿に移し替えられていた。

早く食べたくて仕方がない。

料理は人を幸せにする。

28

料理がテーブルに並べられ、改めて「いただきます」を言おうとした瞬間、玄関がガラガラと開く音がした。

「こんちは〜」という声。

誰だろう、と思っていたら、キタガワ先生だった。

「ウエノさんにね、イケベ君が来てるって聞いて、大学が終わって来たんよ」

僕は感激した。あのキタガワ先生が、僕のために、わざわざ来てくれた。

「もう、待てん。はよ、乾杯しよう」とウエノさん。

キタガワ先生のコップにビールを注ぎ、「カンパ〜イ」とグラスを合わせた。

冷えたビールは、本当においしかった。一気に飲み干した。

それを見て、ウエノさんがうれしそうに笑って、コップにビールを注いでくれた。

大学で飲むときは、「最高の状態でビールを飲みたい」なんて言って、飲む前は水分を摂らなかったりしたこともある。今日はムリだった。作業後、何杯も何杯も麦茶を飲んだ。

でも、今まで飲んだビールの中で、最高においしいビールだった。

もしかしたら、今までは、ビールをおいしいと思おうとしていただけだったのかもしれない。今日は、本当にビールがおいしいと思えた。

僕も、ウエノさん、キタガワ先生のコップのビールが三分の一になったところで、「お注ぎします」とビールを注いだ。ビール瓶を両手で持ち、ラベルを上にして。

そんな僕を見て、キタガワ先生は、「福岡市立大学の学生より、気が利くねぇ」と褒めてくれた。九教大での厳しいコンパの経験が役に立った。

キタガワ先生が、僕にビールを注いでくれようとしたので、いつものクセで、一気してコップを空けようとしたら、「そんな飲み方せんでいいよ」とキタガワ先生。「そうだ、そうだ、酒がもったいない」とトシ子さん。

「あ、そうだ、これお土産です」と、キタガワ先生は紙袋から焼酎の五合瓶を取り出し、ウエノさんの前に置いた。

「うまそうやねぇ〜」と舌なめずりするウエノさん。「あ、そうそう、じゃあ、今日はこれを飲もう」と、外のコンテナ冷蔵庫から、両手に白い液体の入ったビンを持ってきた。

キタガワ先生が、「待ってました。例のDですね」と言う。

「Dって何ですか?」と尋ねると、「どぶろくのことよ」「どぶろくって言ってしまったら、僕がDって言った意味がなくなるじゃないですか！」と二人で笑っている。

ウエノさんが、湯飲みにドボドボとDを注ぎ、キタガワ先生と僕に手渡した。

「再びカンパ〜イ」

湯飲みをカチリと合わせた。

Dは少し甘くて、トロリとしていて、お米の粒の感じが残っていて、アルコール度数が高い感じがした。

「うまいですねぇ」とキタガワ先生。

「コイツは二度酔えるんよねぇ。酔っぱらって寝るやろ。そうしたら胃の中でまた発酵して、糖がアルコールになってから、寝ながらまた酔える」と笑うウエノさん。

なんかすごい世界だ。

僕は、おそるおそる尋ねた。

「どぶろくって、お酒ですよねぇ。それって勝手に造ったらいけないんじゃないですか？」

「最近の学生は、いらんことを知っとる。大切なことが分かっとらんのに。大学の先生がイケン」

「す、すいません」とキタガワ先生が謝る。

どこまでが本気で、どこまでが冗談か分からない。こんな冗談のやりとりができる二人を、本当にカッコいいと思った。

ウエノさんは、こう続けた。

「おいしいものを食べるんやない。霜降りの牛肉だって、高級なワインだって、マグロのトロだって、おいしいかもしれんけど、ただそれだけやろ。おいしいものは、お金を出せば、いくらでも手に入る。……まぁ、ウチはお金はないけん、食べれんけど」

キタガワ先生が、そうそう、という感じでおいしそうにDを飲んでいる。

「おいしく食べるんよ。普通のもんでも、おいしく食べる方法がある。そうすれば、おいしいものを食べるより、おいしく食べるほうがおいしくなる」

「おいしく食べる方法って何ですか？」

「いい質問やね」とキタガワ先生が笑う。

「一つは、手作りの料理」

——それはよく分かる。僕も、自分で料理しているからそれは実感する。自分で好きなように味付けしてるからかな、と思ったこともあるけど、それだけじゃない。何かが違うのだ。この合鴨のローストだって最高にうまい。ポテトサラダだって、キュウリとタマネギが特にうまい。

「素材も自分で作ること」

――今日の食卓に並んでいる料理で使われている野菜は、すべてウエノさんの畑で採れたものだ。味噌だって、大豆を育て、味噌を造る。こんにゃくだって手作り。肉もそう。肉を買わないでいいように、合鴨農法を始めたのだという。そりゃあ、牛も豚もおいしいけど、自分が育てた合鴨は一番うまい、とはウエノさんの言葉だ。なんでも作っている。むしろ、作れるものだけで、生活しているという。

「手間暇をかけること」

――そりゃあ、味噌だって、こんにゃくだって、買えば早い。お酒だって、いくらでも売っている。だけど、それを、あえて手作りし、作り方にこだわり、手間暇をかける。そうすれば、必ずおいしくなるのだという。楽しくなるのだという。

そもそも、生きるということは、どういうことなのか。ウエノさんは断言する。生きるとは食べることだ。そこに手を抜こうとするほうがおかしい。その食べることに手間暇をかけるのは、当然のことなのだ。

だから、お酒だって、自分の育てた米で造りたくなるのだ、と言う。

「仲間と食べること」

――確かにそうだ。こんなに楽しくて、おいしいお酒は生まれて初めてだ。そして、ウエノさんとキタガワ先生の関係が、すごくうらやましく思える。

いくら豪華な料理を目の前にしても、一人だと寂しい。

「楽しい会話をすること」

――ウエノさんも、キタガワ先生も、トシ子さんも、大笑いしながら、本当に幸せそうに食べている。僕だってそうだ。

いくら豪華な料理を目の前にしても、愚痴や悪口を聞きながらでは、全然、おいしいと思わないだろう。

「一番大事なのはね……」

「はぁ……」

「よく働いて、腹を減らすこと」

時間は、瞬く間に過ぎていき、十一時を回っていた。

「キタガワ先生がウエノさんと出会ったきっかけは何だったんですか？」

「修士二年のときにね、修論を書かないといけなくて、テーマを無農薬にしたんよ。当時は、無農薬やっている人とか、なかなかいなくてね」

「じゃあ、お付き合いは長いんですねぇ」

「そうだねぇ。修士二年からやから、六年、七年かな」

トシ子さんが、懐かしそうに言う。

「もう、そげんなるかねぇ。あん頃は、絵に描いたような秀才君やったねぇ」

「そうそう。冗談言っても、ぜーんぶ、真に受けよったしね。気も利かんかった。ずーっとメモばっかりしとった」

ウエノさんも同調する。

「最初にここに来たときにね。そのときは、この建物はなかったんだけど。インタビューをさせてもらった。二時間くらいだったかな。で、聞きたいこと、すべて聞いて、帰ろうとしたら、ウエノさんが『今までの全部ウソばい』って言った」

「俺、そんなこと言ったかね？」

「言いましたよ。で、どうしていいか分からずに困っていたら、『今日、泊まって、一緒にご飯でも食べんね。明日、作業手伝って、実際に田んぼとか、畑を見たら、いろいろ分かるんやない』って言うんよ」

「そうやったかね？」

「そうよ、お父さんは都合の悪いことは忘れるんやけん。で、キタガワ君が、『明日、授業があるから無理です』とか言ったから、お父さんが怒ってねぇ」とトシ子さん。

「すっごく、叱られた。まぁ、今考えれば、当然なんやけどね」

キタガワ先生が、当時の、自らの行動の反省点を次のように振り返る。

一つ目。相手のことを全く考えていなかった。

――ウエノさんだって、忙しい。その忙しい中、時間を割いてくれたのだ。調査に協力するなんて当然だと思っていた。むしろ、「論文の題材になるのだから喜んで協力してくれるんじゃないか」というようなおごりがあった。

二つ目。得るだけで何も与えていなかった。

――お土産をあげるとか、謝金を払うとか、そういうことではない。ウエノさんだって、そんなことは期待していない。でも、「学生の立場から見てどう思ったか」など、語り合うことをウエノさんは楽しみにしていた。聞きたいことだけを聞いて、それで帰ろうとしていた。

三つ目。順番を間違えていた。

――まず、するべきは、信頼関係をつくることであり、その上で調査すべきだった。

「論文ってね、数字とかが大事なんだ。だから、そんなことばかりを聞く。だけどウエノさんは、それよりも、もっと大事なモノがあると思っている。志とか信念とか、考え方とか。それを伝えたいのだけれど、私は、聞きたいことだけを聞いて、すぐ帰ろうとしてしまった」

「で、どうなったんですか？」

ウエノさんと、トシ子さんが、笑う。

「一週間、泊まり込んだんよ。毎日、作業して、毎晩酒飲んで。そうしたら、面白い話がいっぱい聞けてね」

「大学はどうしたんですか？」

「電話して事情を説明したら、先生は、ガンバレって言ってくれた。ほかの先生にもちゃんと説明してくれるって。できない、無理、って自分が勝手に思っていただけやったんよね」

ウエノさんがうなずく。

「そうよ。みんな、『無農薬で米は作れん、野菜は作れん』って言う。みーんなに言われた。みんな、無農薬でやったことはないのに。そんなアドバイスだけやったらまだしも、文句を言ってくる。『お前んトコロで害虫が大発生したら、どうやって責任とるんだ』とかね。でも、やってみたら、害虫が大発生して、まわりに迷惑かけたことは一度もない」

そうか。

あの日、キタガワ先生が僕に言ってくれたことは、ウエノさんと、キタガワ先生の、こういう経験に基づいたものなんだ。

「続きがあるとよね」と、ウエノさん。

キタガワ先生が続ける。

「一週間泊まり込んで、そこで聞いたこと、考えたことを論文にまとめたんよ。その論文をある論文コンテストに応募したら、最優秀賞をもらったんよ。一〇〇万円」

「え〜、一〇〇万円ですか！　すっげ〜！」

「で、そういう実績が認められて、大学の教員になれた。一つの出会いが、人生を変える。僕は、ウエノさんに人生を変えてもらった」

ウエノさんは、うれしそうに言う。

「うんにゃ。変えてもらったんやなかと。自分で変えたと。あのとき、一週間泊まるって決めたのはキタガワ君やけんね。論文コンテストに応募したのもキタガワ君。俺らはなんもしとらんよ」

「いや、あのときにウエノさんが叱ってくれたおかげです。あれで、僕の人生は変わりました」

「キタガワ君がかわいかったんよ。ウチは、こういうことをやっとるけん、いろんな人が来るけど、好かんヤツは無視するもん。キタガワ君は、まじめで、一生懸命でかわいかった」

キタガワ先生は正座して、「ありがとうございます」と頭を下げた。

僕も正座して、三人に、「ありがとうございます」と頭を下げた。

トシ子さんが言う。

「イケベ君も、いろいろ言われると思うけど、それはかわいいけんやけんね。覚悟しとってね」

時間はもうすぐ十二時を回ろうとしている。

ウエノさんが、「よっし、寝よう。明日になる」と言う。ウエノさんは席を立ち、自分が使った茶碗やコップや皿や箸を流しに持っていき、洗った。

僕は、大皿に残った料理を小皿に移し、その大皿と、自分が使った茶碗やコップや皿や箸を洗った。

そして二階の個室の一室に布団を敷いた。

布団に入った瞬間に、「イケベ君も、いろいろ言われると思うけど、それはかわいいけんやけんね」という言葉が頭をよぎった。そうして、いろんな人たちのことを思い出した。

ミノリねぇさん、親分、オガワ君、イグチ先輩、サクラさん。

あのときはあの人が、あんなことを言って……。

あのときはあの人が、あんなことを言って……。

三分もしない間に、僕は眠りについた。

30

翌日の日曜日の朝、僕は六時前に目を覚ました。

毎朝ご飯を作るから、早起きのクセが身についていたこともあるし、ウエノさんやキタガワ先生より遅く起きれないという緊張感もあった。

頭は鉛が入っているような感じで、身体は節々が痛い。昨日の作業と酒のせいだ。

でも、二度寝はできない。

台所に行くと、トシ子さんは、既に起きていて、朝ご飯の準備をしていた。

「おはよう。早かねぇ～。昨日は面白かったねぇ」なんて言いながら、すぐにお茶を入れてくれた。

ウエノさんは、六時に起きてきた。

既にツナギ姿である。

「キュウリの収穫行くよ」と言うので、大急ぎで作業着に着替えた。

軽トラに乗り収穫に出かける。

僕は迷うことなく荷台に乗った。

軽トラで行くこともないような近くのキュウリ畑に着き、収穫の目安の指導を受け、キュウリを収穫した。

「腹減ったら、いくらでも、食べてよかけんね〜」という言葉を聞き、僕は、ポケットからビニール袋に入った塩を取り出した。キュウリを収穫に行くと聞いて、トシ子さんに頼んで台所で塩をビニール袋に入れ、ポケットに忍ばせておいたのだ。

キュウリをその塩につけて食べた。

うまい。キュウリの水分と、塩気が、飲みすぎたカラダには最高だ。

一本をかるく食べてしまった。

「しっかりしとる」とウエノさん。

そしてウエノさんも、僕の塩にキュウリをつけて食べた。

「うまかねぇ〜」と言いながら、「あおかねぇ〜」と空を見上げる、僕も同じようにする。

ありきたりの言葉だけど、「生きてる」って感じが実感できるのだ。「キュウリの瑞々《みずみず》しさが、水分を欲する僕の細胞の一つ一つに」なんて表現をすればカッコいいのだが、そうじゃない。

「僕は、今、キュウリを食べて生きてます」

その表現が一番適切だ。

キュウリを収穫し、コンテナに入れていく。そのコンテナを軽トラに運ぶ。

難しい作業ではない。

だから、いろいろと考えがめぐる。

そのとき、ふと思い浮かんだのは、このキュウリが誰かに食べられるということだ。誰かが、僕の収穫したキュウリを買ってくれる。それを食べる。おいしいねって、言ってくれ、その人はそれを食べてその日を生きる。

僕の収穫したものが、誰かの命に役に立ってるなんて、なんか、すごく不思議な気がしたけど、なんかうれしかった。

そして、僕が普段食べているものも、誰かがどこかで作ってくれている。そんなことは当たり前すぎて、深く考えたこともなかったけど、それはすごいことで、とてもありがたいことなのだ。

キュウリの収穫の帰りに、昨日、コナギの草ひきをした小さな田んぼの脇に、軽トラを止める。

軽トラの中から、稲を眺めて、ウエノさんが言う。

「ほら、もう稲が喜んどる」

「え！　全然、違いが分かりません！」

「稲目ができとらん。一週間、修業する？」

ウエノさんは、本当に、冗談か本気か分からない冗談を言う。

それから先もあっという間だった。

朝ご飯を食べ、収穫したキュウリを袋詰めし、合鴨のエサに残飯を持っていき、キタガワ先生を見送り、午前中は草刈り機で草刈りをした。

昨日、ウエノさんが草刈りをしていたのを、僕は、かっこいい〜と思いながら眺めていた。いつか、あんな機械も使えるようになるんかなぁ、なんて思っていた。

そうしたら、今日は、草刈り機で草刈りである。

「え、僕、初めてなんですけど……。免許とか要らないんですか？」

「まぁ、やれば、できるもんよ。はよ、これを肩にかけて」

エンジンと燃料が入った草刈り機は、肩から下げたベルトに吊しているとはいえ、重い。

それを左右に往復するわけである。エンジンの振動も、徐々に、筋肉に疲労を与える。しかも、この日差し。

それでも僕は楽しかった。

嬉々《きき》として草刈りしている僕にウエノさんが言う。

「草刈り、一週間やってくれたら助かるけどなぁ。やる？」

心が動く。

ここに一週間いたら、キタガワ先生のように人生変わっちゃうかもしれない。大学よりも、ここのほうが学ぶことが多い。僕は、今、この瞬間、この出会い、この経験を大事にしたい！　なんて思って、「一週間、お世話になります」と言おうとした瞬間、ウエノさんは既に別の話をしていた。

「草刈りを見るとね、性格が分かるんよ」

「は、どういうことですか？」

「根本から、しーっかり切る人もおる。できるだけ草が生えてこんようにね。お母さんはそう」

「そうなんですか。じゃあ、僕は？」

「力まかせタイプ。力に任せて振り回して、すごいスピードで突き進む。刈り残しも多い」

「そ、そうですか？」

そんな会話を交わしながら、三十分草刈りをして、休憩、を繰り返した。

そして家に戻り、昼ご飯を食べ、ウエノさんと一緒に昼寝をした。昨日からの作業の疲れと、昨晩の睡眠不足もあり、仮眠のつもりが深く眠ってしまった。

起きたとき、時計は二時半を回っていた。僕は一時間半以上寝ていたことになる。ウエノさんは既にいなかった。

洗濯物を畳んでいたトシ子さんを見つけ、謝ると、「気持ちよさそうに寝とったねぇ。慣れん作業で疲れたんやろう」と笑う。

「シャワーを浴びてこんね」と言うので、「え？」という顔をしていると、「三時半過ぎの列車に間に合わんことなるよ」と言う。

「大丈夫です。僕も一週間ここにお世話になろうって決めたんです」

「大学はどうするとね？」

「一回くらい休んでも大丈夫です。三欠まで許されるんです。僕は、授業には出てるから。

もし単位を落としても、来年取ればいいし、僕は、今、ここでしか学べないことを学びたいんです」

「気持ちはうれしいけどねぇ……」

トシ子さんはほんの少しだけ顔を曇らせた。

「学費も生活費も、イケベ君のお父さん、お母さんが出しとるんやろう。それをね、簡単に、単位落としてもいいとか言っちゃイケンよ。私たちも、その原因になるようなことはしたくないと」

「でも、キタガワ先生のときは……」

「キタガワ君には、キタガワ君の人生があると。イケベ君には、イケベ君の人生、イケベ君のよさがある。大丈夫よ。イケベ君はしっかりしとる」

最後の一言で、僕は目が潤んだ。

「泣かんでいいとよ。来たいときにいつでもウチに来ればいいけん。はよ、シャワーを浴びてきぃ」

僕は言われるがままにシャワーを浴びた。

シャワーを浴びながらも、やっぱりここに残りたいという思いが募る。迷う。

だけど、素直に、トシ子さんの導きに従うことにした。

帰り支度をして居間に行くと、「はいこれ、お土産」と、トシ子さんが紙袋を僕の手に持たせた。

「イケベ君が収穫したキュウリとトマト。あと、去年ので申し訳ないけど、米をちょっと。合鴨米やけん。ちゃんと自炊して、米と野菜と、食べないかんよ〜。お弁当も入れとるけん、帰って食べて」

だめだ。また泣きそうになる。トシ子さんの前では、僕は、ただの子どもだ。

間接照明の薄暗い部屋で、バーボンをロックで飲んで、ブルースなんてことがアホらしく思える。

「ほら、間に合わんことなるよ！」

トシ子さんの運転で、ホンダの軽の乗用車に乗って、大入駅に向かう。

「ウエノさんにも挨拶をしたかったんですけど……」

「お父さんね、そういうのが苦手なんよ。また、来るんやけんいいって言ってからね」

大入駅に着いた。

列車は、もう、ホームに入りかけていた。ギリギリの時間だった。

「次は子どもキャンプのときに来ます。夏休みなんで二日前くらいの夜から来ます。駅からは歩けるんで、迎えは要りません。日にちが決まったら、また、電話します」

トシ子さんにこう言い残して、僕は階段を駆け上がり、駆け下り、列車に飛び乗った。

列車は動き出す。

ここから、博多まで約一時間。

博多から、教育大前まで約一時間。

長い旅である。

トシ子さんの言っていた「弁当」が気になって、紙袋をあさると、キュウリとトマトの下から、ハンカチに包まれたプラスチックの折り詰めが出てきた。

ハンカチの結び目のところに、紙が挟まれていた。

開けてみると、こう書かれていた。

ありがとう。会えてうれしかった。

今度からは、イケベ君ではなく、タカシ君と呼ぶけんね。

タカシ君、応援しとるけんね！

野菜とご飯だけの弁当でゴメン。
ちゃんと食べるんよ

広告の裏紙にマジックで走り書きした手紙だったけれど、僕は、それを見て泣いた。
次の駅で降りて、折り返し、今の僕の気持ちをトシ子さん、ウエノさんに伝えたい！
と思った。
列車は、夕日から遠ざかるように博多に向かう。
子どもキャンプが本当に待ち遠しくなった。

31

僕は、その年の子どもキャンプには、結局行けなかった。
イグチ先輩が亡くなったのだ。
後輩を連れて近くの海岸に泳ぎに行き、溺れた。
当時の状況は詳しく聞いていない。

「溺れそうになった後輩を助けに行った」という噂もあったし、「調子に乗って、波が高い海に真っ先に飛び込んだ」という噂も聞いた。いずれも、イグチ先輩ならありえる話だ。しかし、真相は聞けなかった。聞ける雰囲気ではなかった。

僕の所属する学科には、実際に、その場にいた人が多数いたのだ。

母に事情を説明し、三万円を口座に入金してもらった。僕は、そのお金で、真っ黒のネクタイを買った。残りは、通夜と葬儀のための交通費と御霊前のためだ。

この一年で僕は成長したつもりだった。大人になり、自立しようと努力してきたつもりだったけど、やっぱり自立できていないのだ。スネを囓《かじ》って生きているのだ。

みんなで列車に乗って、イグチ先輩の地元、熊本市まで出かけた。

泣くまいと決めていたけど、通夜でも、葬儀でも、友達や先輩の泣き崩れる姿を見て涙がこぼれた。イグチ先輩のお母さんの憔悴《しょうすい》しきった姿を見て、嗚咽《おえつ》を聞いて、僕も泣いた。僕の母のことを思い出してしまったのだ。

自立したいと思うがあまり、一人暮らしの自由さと楽しさを求めるがあまり、僕はほとんど実家に帰っていなかった。今年なんて、正月ですら、大分に帰省しなかった。

もし、僕がこのまま死んでしまったら、母や父はどんなに嘆き悲しむだろう。

先輩の葬儀に来たはずなのに、そんなことを想像して、僕は泣いた。

——それ以降も学科は暗かった。

明るく振る舞おうと、皆、努めているのに、それは表面的だった。冗談を言ったり、馬鹿騒ぎをするなんて許されない雰囲気だった。皆、何かに触れないように触れないように言葉を選び、その結果、会話が少なくなった。

それは仕方のないことだと思う。

その中でサクラさんは、努めて明るく振る舞っていた。雰囲気を明るくしようと、いろんな気配りをしていた。


しばらくして、サクラさんから「話したいことがある」と声をかけられ、旧食のテーブルに着いた。

サクラさんも、その日、あの現場にいた一人だった。

イグチ先輩と付き合っていたのだ。

サクラさんたち、現場にいたメンバーは、それ以降も、ことあるごとに、熊本市までお参りに通ったそうだ。

四十九日が過ぎた頃。お母さんが、イグチ先輩の大学生活、特に、最後の日の様子について聞いてきたそうである。

先輩の一人が、その日の様子を、朝から順を追って説明した。

十一時に駅前のバスターミナルに集合し、それから車に乗り合わせて移動。みんなでマクドナルドに行って昼食を食べ、それから海に行った。

遠くにある台風の影響のせいか、波は高かったが、何人かが、腰くらいまでなら大丈夫やろう、と海に入っていった。イグチ先輩もその一人だった。そして、事故が起きた。

お母さんは、途中で、泣き崩れた。

「最後の食事が……」と言って泣き崩れた。

予期せぬところで泣き始めて、みんな戸惑ったそうだ。

僕は、お母さんの心境を想像した。

ずっと大切に育て、ずっと大切に食べさせてきた我が子が、自分より先に死ぬ。それだけでもつらい。せめて、最後の食事くらい、自分が心を込めて作った料理を食べさせてあげたかった、と願うのは親心として当然だろう。

その後、お母さんはこんな話をしてくれたそうだ。

イグチ先輩は、よく実家に帰っていたのだそうだ。生活費が厳しくなると、帰って来たらしい。

そのときに、「オフクロのご飯が一番おいしい！」と言っていたらしい。「オフクロの料理が食べたくなった」と言って、実家に帰って来たこともあったらしい。

特にタラコのスパゲティが好きで、実家に帰って来ると、必ず、タラコのスパゲティをリクエストしていたそうだ。

その話を聞いて、サクラさんはお母さんに伝えた。

「イグチ先輩が、タラコのスパゲティを作ってくれて、一緒に食べたことがあるんです。作りながら、『なんか違う』ってずーっと言ってて、食べるときも、『オフクロのはもっとウマイけん』って言ってました。『いつか食べさせてやる』って」

「そうねぇ……そうねぇ……」とお母さんはうなずいた。

そして泣きながら言った。

「いつか作ってあげたいけど、今は、まだ、作りきらん……」

僕は何もしゃべれなかった。

こんなことを考えていた。


人は必ず死ぬ。

そしてその死はいつ訪れるか分からない。

僕の最後の食は、何になるのだろう。

僕はその食で満足か。

母はその食で泣きはしないか。

僕は最後の食に、何を食べるのだろう。


ずっと下を向いている僕に、目を赤くしたサクラさんが言った。

「あのね。先輩ね、タカシ君のことすごく気にしとったよ」

意外な言葉に、僕は顔を上げた。

「最初は、ナマイキって言いよったけど、それがかわいいって。なんか昔の自分を見てるみたいだって。でも、最近、タカシ君、変わったでしょ。あいつは変わった。見込みがあるって言ってた。農家の人のトコロに修業に行った話も私がしたの。そうしたら、話を聞いてみたいって。一緒に、酒飲もうって伝えとって、って言われとったんよ」

僕は叫びたい気持ちを抑えるので精いっぱいだった。

僕だって、もっともっと聞きたいことがあったのだ。

話したいことがあったのだ。

そしてそれはもう二度とかなわないのだ。

もっと早くに、もう少し早く……。

エピローグ

九教大に入学してから、十八年が過ぎた。卒業して十四年。

私は三十六歳になった。

十八年、大分で過ごし、十八年、福岡で過ごしたことになる。

今は、福岡市に本社を置く、南西《なんせい》日本新聞社に勤めている。地方紙ではなく、もう少し規模の大きいブロック紙だ。

これまで記者として、いろんな地域で取材を重ねてきた。

そして、なんと今年から、糸島《いとしま》支局長として――支局長とはいっても、糸島地域の担当は一人しかいないのだが、糸島地域のニュースを取材し、原稿を書いている。

ウエノさんが住んでいる糸島市だ。ちなみに、あのときは二丈町《にじょうまち》といったが、今年から、前原市、志摩町と合併し糸島市となった。

私が糸島地域担当となったと聞いて、ウエノさんは喜んでくれた。それだけじゃない。農業体験をする中で知り合った、多くの人々が歓迎してくれた。

私は完全にヒイキして農業関連の記事を書いている。当然、事件・事故、経済的なニュース、社会的なニュース、文化的なニュースも取材しているが、結果として、農業関連の記事が多くなる。私が「面白い！」「伝えたい！」と思うのが、そういうニュースだからだ。

そしてそれは私の夢が一つ実現したということだ。

あれ以降も私は、月に一度はウエノさん宅に通った。博多駅から大入駅まではキセルをして。

翌年は、子どもキャンプにスタッフとして参加したし、合鴨をつぶす経験もした。

ウエノさんの話をみんなに聞かせたい、みんなにも僕と同じような体験をしてほしいと、仲のよい後輩に声をかけ、ウエノさんのところに連れて行った。一番に連れて行ったのが、オガワ君だ。

みんな、ウエノさんが、農業が、大好きになった。

少しずつではあるが、その数が増えていき、いつの間にか農業サークルが出来上がっていた。言い出しっぺはオガワ君だった。私は、初代部長になった。

そのサークルでは、講演会や農業体験イベントを開催したりした。大学の中で野菜を売ってみたり、一人一品形式で弁当をみんなで持ち寄ってみんなで食べるという「弁当の日」なるものも行った。

初めての経験ばかりだったが、すべてが不思議とうまくいった。

今考えれば、料理をしながら身についていったアイデア力と段取り力のおかげだと思う。事前にしっかりシミュレーションするクセがついていたからだと思う。そして何より、「食べてくれる人に喜んでほしいと思う心」が芽生えていたからだと思う。私は、参加者が「来て良かった」と思ってもらえるようなイベントを心がけていた。

そんな私の大学生活は本当に充実していた。

しかし、サークル活動に一生懸命になりすぎて、より一層、勉強しなくなったのも事実だ。

九教大四年生のときに、故郷の大分県の教員採用試験を受けたが、不合格。全く勉強をしていなかったのだから、自業自得である。

だけど、私には、農業をもっと勉強したいという思いも芽生えていた。

私はキタガワ先生に相談して、福岡市立大学の門を叩いた。そして福岡市立大学の大学院に入学することができた。当然、学力は全然足りなかったと思うのだが、入学できた。それは、情熱と、農業体験を続けた経験を、先生方が受け止めてくれたおかげだと私は思っている。

福岡市立大学の大学院でも、相変わらず、僕は農業にのめり込んだ。福岡市に引っ越したことで、ウエノさんのところには、行きやすくなった。

農家の方々の思想や経験に一歩でも近づきたい一心だった。

しかし、経験を重ねれば重ねるほど、その距離は広がっていった。

自分ができていない部分が、どんどんと見えてくるのだ。農家のスゴサが、さらに見えてくるのだ。

将来の就職先として、「農業をやる」という道も考えたけれど、私にしかできない農業との携わり方があるんじゃないかと思い始めた。

例えば、農家の方自らが、大学生の農業サークルを立ち上げるのは不可能だ。それは大学生の私だからできたことだ。

その結果、ウエノさんも喜んでくれたし、それに参加した学生も喜んでくれた。そうして農業が活性化したとすれば、それはとても意味のあることだ。

そして私は、就職先に新聞社を選んだ。農業の記事を書くことで、農業を盛り上げたい、ウエノさんに喜んでほしい、と思うようになったのだ。

その夢が実現した。

夢にはおまけがついていた。

九教大の授業をすることになったのだ。食や農業を大切に思っている九教大の先生が、これまで食や農業の記事ばかり書く私を評価してくれて、非常勤講師として私を招いてくれたのだ。

十四年ぶりの九教大である。

町並みは、結構、変わっていた。なくなってしまったアパートもあるし、新しく建ったマンションもある。私が当時住んでいたアパートは残ってはいた。でも、新築だったのが、今では築十八年である。

大学内もすっかり変わってしまった。校舎もキレイになって、バリアフリーが徹底されていた。

変わらないものもある。定年坂は相変わらず定年坂。新入生勧誘の立て看も変わらない。

新一年生のフレッシュな笑顔も変わらない。

私を非常勤講師として招いてくれた先生に挨拶に行き、それから講義室へ。

講義室に入ると、私に気づき、挨拶をしてくれる学生もいるし、無表情で教室に入ってきて、すぐに机に突っ伏している学生もいる。生き生きと隣の学生と語り合う学生もいるし、気怠《けだる》そうに携帯をいじくる学生もいる。

私は、この中のどこに「僕」がいるかを探す。

キタガワ先生も、そうやって、この中にいる「僕」を見つけてくれたのだ。

一つの授業、一つの出会い、一つの言葉で人生が変わることもある。私は、そのことを身をもって学んだ。

この中の一人でも、この授業、一つの言葉をきっかけにしてくれたら。

チャイムの合図で私は、話し始める。

最初は自己紹介をして、私が九教大出身であることを説明する。

さらに親近感を感じてもらおうと学食の話題を出す。

「旧食はね、私が学生のときから……」なんて言っても、全然リアクションがなく、不思議そうな顔をしている。

「あれ？　旧食って言わないの？　あの建物の一階の学食ってなんて言うの？」

「セレナです」

「ええ!!　セレナ！！！　じゃ、じゃあ、あの建物の一階の新食は？」

「フィオラです」

「フィフィ、フィオラ……。そう、セレナにフィオラね……。セレナってまずいでしょ？」

「え……。おいしいですよ」

「……うそ」

私は、授業が終わって、旧食、いや、セレナに飛び込んだ。

旧食は、食券を買いその食券を出して厨房《ちゅうぼう》のおばちゃんに注文する、というスタイルだったが、セレナはセルフバー方式に変わっていた。

前の学生に倣《なら》い、プレートを取って、好きなおかずを自由に取る。そして重さを量って、それに応じた料金を支払うというシステムだ。

プレートには、多彩なおかずが並んだ。

一口食べた。

おいしかった。

私は、ふと、いつも私が座っていた席を探した。隣にイグチ先輩が座った席を探した。

その場所には女子学生が座っていて、携帯をいじくりながら、隣の女子学生と何かをしゃべっている。

ふと、頭の中で、イグチ先輩の声がよみがえった。

「あんなぁ。それくらいで学食がおいしくなるんやったら、とっくにおいしくなっとるよ。言い続けるんよ。俺が言い続ける。そして明日から、お前が、言う。で、だんだん言う人が増えていけば、本当に変わるかもしれんやろ？」

イグチ先輩、あなたの言ったことは本当でした。


家に帰ったら、妻に、この話をしよう。

「ただいま〜」と、台所の扉を開けると、妻が振り返って笑って言う。

「お帰り〜。今日は、パパの大好き、鶏と野菜のせいろ蒸しに柚子胡椒《ゆずこしょう》ソースを……」

妻の脚にしがみついているムスメが、「お腹減った」のサインを出している。

あったかい何かがわき上がってきて、全身を包む。

夕食は、三人で、明るい話題でめいっぱい楽しもう。このあったかい何かを存分に味わおう。

イグチ先輩の思い出にふけるのは、ムスメが寝た後にしよう。

であれば、これが最後の食になったとしても、私は後悔しない。

生きることは食べること。

食べることは生きること。

であれば、楽しくおいしく食べよう。

「この鶏のせいろ蒸し、めっちゃうまい。今日もおいしいご飯、ありがとうね」

おわりに

「自叙伝？」と思われるかもしれませんが、これはあくまでも小説であり、フィクションです。

私は、イケベ君のように、イヤなやつではないし、彼のようなフラれ方をしたこともないし、彼のように素直に成長もできていません。

あくまでもフィクションです。

ただ、フィクションなのですが、この物語内でいろんな登場人物が語っている、いろんな言葉は、実際に語られた言葉です。多くの方々が、私に語ってくれた言葉です。

そういう意味では、事実の部分も多く、読む人が読めば、この物語の中に、実在する多くの人たちの姿が見え隠れするはずです。

だけど、あくまでもフィクションです。

私はこれまで、八冊の本を書いてきましたが、小説、フィクションを書くのは、これが初めてです。

実は、私は、小説を書くことなんて無理、と思っていました。そんな才能は自分にはない、と思っていました。

学生の前では、「人生のｈａｐｐｙは成長にある」「成長するには挑戦が必要だ」「人生はできるかできないかではなく、やるかやらないかだ」「自分の可能性を自分で潰《つぶ》すな」なんて偉そうに語っているにもかかわらずです。

そこで、次作は小説に挑戦しよう、と決めたのです。

しかし、何をどう書いていいのか分からない、悩みの日々が続きました。

そこで出合ったのが二冊の本です。

一冊目が『ヤッさん』（原宏一著、双葉社）です。この本は、私に、小説を書く上での「土」を与えてくれました。どんな小説を書きたいか、という土台です。私はこの本を一気に読みました。そして読み終わった後に、こう思ったのです。私が小説を書くときは、（一）専門的内容が含まれていること、（二）著者の哲学が込められていること、（三）読んでいて楽しく、読み終わった後に清々《すがすが》しい気持ちになる、ような小説にしよう。

二冊目が『手紙屋〜僕の就職活動を変えた十通の手紙〜』（喜多川泰著、ディスカヴァー・トゥエンティワン）です。この本は、私に、小説を書く上での「幹」を与えてくれました。手紙のやりとりだけでページが進むこの小説は、まさに目からウロコ。新しい小説の姿、幹の形を見せてくれたのです。

そして、その「土」と「幹」に、私の経験という「枝」、私に投げかけられた多くの言葉という「葉」が生えてきて、この「木」が出来上がりました。

そして、この木に「実」をつけさせるのは、読んでいただいたあなたです。

さて、先に紹介した二冊の本を私に紹介してくれたのは、清水克衛《かつよし》さん。東京都江戸川区・篠崎の「読書のすすめ」というとっても素敵な本屋さんの店主です。

つくづく思うのです。

本との出合い、人との出会いが人生を変えると。

この本は、多くの方々が私に与えてくれた言葉を、できるだけ多くの人に分かりやすく伝えたいという一心で書きました。

私の師匠である農家、福岡県糸島市の宇根豊さん、福岡県筑紫野市の八尋幸隆さん、福岡県八女市の椿原寿之さん、そしてご家族の皆様に、心から感謝します。深遠なる農の世界に導いていただきました。

平凡な日々を、輝かしい毎日に変えていただいた、竹下和男先生、佐藤弘さん、内田美智子先生、安武信吾さん、魚戸おさむ先生をはじめとする「弁当の日応援団」の皆様に、心から感謝します。

私に多くの学びと気づきと感動を与えてくれた多くの学生の皆さんに感謝します。

私に多くの出会いを与えていただいた、清水克衛さん（「読書のすすめ」店長、NPO法人読書普及協会理事長）に感謝します。

そして、NPO法人読書普及協会の会員、通称、読士《どくし》の皆様に感謝します。この本は、読士の皆様のエールと支援がなければできませんでした。皆さんが、喜んでくれることを思い描いて、書きました。

私に大きなチャンスを与えていただき、素敵な本に仕上げていただいた編集者の茂木美里さん、鹿野青介さん、現代書林の皆様、デザインを手がけていただいたデジカル デザイン室の萩原弦一郎さん、イラストを描いてくださった田中治さんに感謝します。

亡き父に感謝します。

母に感謝します。
妻に感謝します。
娘に感謝します。
そして今、妻のお腹の中で育ちゆくわが子にこの本を捧げます。

二〇一一年四月　佐藤剛史

資料参考文献

竹下和男・香川県綾南町立滝宮小学校『〝弁当の日〟がやってきた――子ども・親・地域が育つ香川・滝宮小の「食育」実践記』（自然食通信社）
竹下和男・香川県高松市立国分寺中学校『台所に立つ子どもたち――〝弁当の日〟からはじまる「くらしの時間」香川・国分寺中学校の食育』（自然食通信社）
小嶋貴子『麺本――3ステップで作れる簡単で旨いパスタレシピ厳選50』（トランスワールドジャパン）
佐藤剛史『もっと弁当力‼――作って伸びる子どもたち』（五月書房）
佐藤剛史『すごい弁当力！――子どもが変わる、家族が変わる、社会が変わる』（五月書房）

この物語はすべてフィクションです。
実在の人物・団体等とは一切関係ありません。

＊未成年者の飲酒は法律により禁じられています。また、親権者や監督者、酒類販売・供与した人には罰則が科されます。
＊許可なく酒類を製造消費することは酒税法に違反します。
＊食用を目的とした食鳥の処理をする場合には、「食鳥処理の事業の規制及び食鳥検査に関する法律」に基づく事業の許可が必要です。
＊交通機関の不正乗車は交通機関の約款または旅客営業規則等により正規運賃の他に追徴金を徴収されます。また、詐欺罪として10年以下の懲役、または鉄道営業法違反として2万円以下の罰金が科される場合があります。

自《じ》炊《すい》男《だん》子《し》 「人生《じんせい》で大切《たいせつ》なこと」が見《み》つかる物語《ものがたり》

2011年7月18日　初版第1刷

著者―――――佐《さ》藤《とう》剛《ごう》史《し》
発行者――――坂本桂一
発行所――――現代書林
〒162-8515　東京都新宿区弁天町114-4
TEL　03（3205）8384（代表）
振替00140-7-42905
http://www.gendaishorin.co.jp/
デザイン―――萩原弦一郎（デジカル）
イラスト―――田中治

印刷・製本：広研印刷（株）
定価はカバーに表示してあります。
万一、乱丁・落丁のある場合は購入書店名を明記のうえ、
小社営業部までお送りください。送料は小社負担でお取り替え致します。
但し、古書店で購入されたものについてはお取り替えできません。
この本に関するご意見・ご感想をメールでお寄せいただく場合は、
info@gendaishorin.co.jp まで。

ISBN 978-4-7745-1305-8 C0030

人生の目的が見つかる魔法の杖

西田文郎 著　定価1260円（本体＋税5%）

「人生の夢」「人生の目的」には恐ろしいほどのパワーがあります。やりたいことがどんどん見つかり、成功するのが面白いほど楽になります。本書ではあなたの人生を輝かせる「魔法の杖」の見つけ方を伝授します。

ツキを超える成功力

西田文郎 著　定価1365円（本体＋税5%）

真の成功者はこの道を歩く！「真の成功と心の器の関係」を著者が独自視点で5段階の成功レベルに分類。今、あなたはどの段階の成功者？　上を目指すには何が必要？　真の成功レベルに進むための「心の器のつくり方」がわかる本。

よ～し！やる三～成長日記～

出路雅明＆HFおてっ隊 著　定価1470円（本体＋税5%）

トップ企業が次々と社員教育用に採用！人材育成マンガの決定版!!「ちょっとアホ！」を実践する京都のアパレル企業ヒューマンフォーラムが、社員教育のためにつくったマンガ冊子が“効果絶大”と大評判で、一冊の本になりました。

ちょっとアホ！理論

出路雅明 著　定価1575円（本体＋税5%）

倒産寸前のどん底状態だったのに超V字回復できちゃった！　楽しくないことは全部やめて「ちょっとアホ！」になることで、大成功をつかんだ男と、素晴らしき仲間たちの血と汗と涙の、ほぼ真実の成長ストーリー。

人間の芯をつくる 本気の子育て

須田達史 著　定価1260円（本体＋税5%）

元格闘家で、格闘技の世界で日本チャンピオン、世界チャンピオンを育成してきた著者が、本気全開で熱く語る「愛と勇気の教育法」。親と子どもの「本気脳」を育てる大切なポイント17項目をイラスト満載で大公開！

DVDブック

植松努の特別講演会 「夢」は僕らのロケットエンジン きみならできる！

植松努　価格4200円（本体＋税5%）

「日本一感動的な講演」との呼び声高い、植松努さんの講演会122分を完全収録（特典：カムイロケット打ち上げ実験映像）。講演書き起こし本とセットで登場。大切な人と一緒に、見て、聴いて、感じてください。